講談社文庫

布石

百万石の留守居役（十五）

上田秀人

JN054455

講談社

目次――布石　百万石の留守居役（十五）

金沢・江戸間の街道図

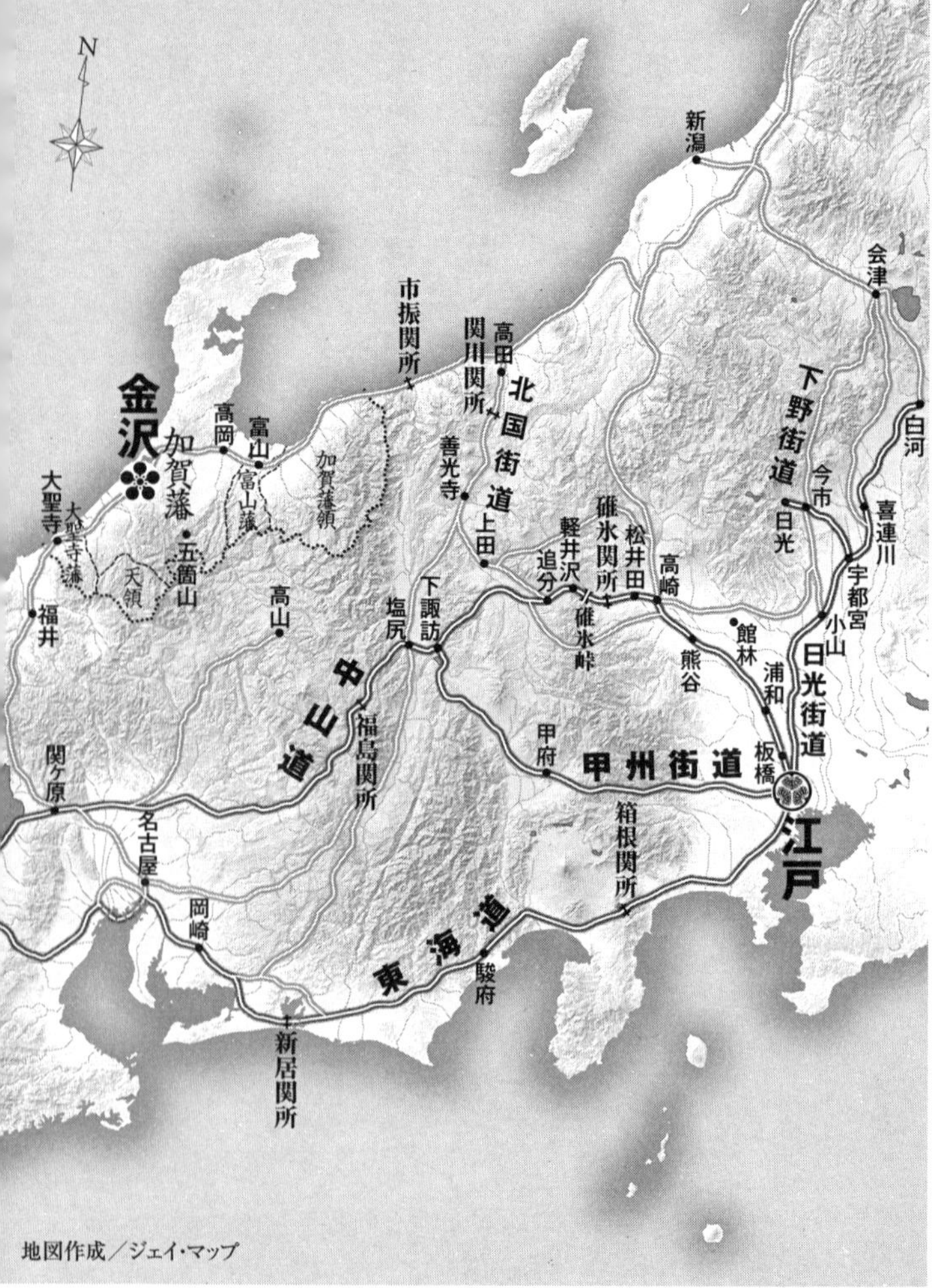

地図作成／ジェイ・マップ

〔留守居役《るすいやく》〕

主君の留守中に諸事を采配《さいはい》する役目。人脈をもつ世慣れた家臣がつとめることが多い。参勤交代が始まって以降は、幕府や他藩との交渉が主な役割に。外様《とざま》の藩にとっては、幕府の意向をいち早く察知し、外様潰《つぶ》しの施策から藩を守る役割が何より大切となる。

〔加賀《かが》藩士〕

藩主
前田《まえだ》綱紀《つなのり》

―人持《ひとも》ち組頭《くみがしら》七家（元禄《げんろく》以降に加賀八家）―人持ち組―平士

本多《ほんだ》安房《あわ》政長《まさなが》（五万石）筆頭家老
長《ちょう》　尚連《ひさつら》（三万三千石）国人出身
横山《よこやま》玄位《はるたか》（二万七千石）江戸家老
前田孝貞《たかさだ》（二万一千石）
奥村時成《おくむらときなり》（一万四千石）奥村本家
奥村庸礼《やすひろ》（一万二千四百五十石）奥村分家
前田備後《びんご》直作《なおなり》（一万二千石）

瀬能数馬《せのうかずま》（一千石）ほか

―平士並《なみ》―与力（お目見え以下）―御徒《おかち》など―足軽など

〔第十五巻『布石』――おもな登場人物〕

瀬能数馬《せのうかずま》　祖父が元旗本の加賀《かが》藩士。若すぎる江戸留守居役《るすいやく》として奮闘を続ける。藩主綱紀《つなのり》のお国入りを助け、将軍家から召喚された本多政長《ほんだまさなが》と江戸へ。

本多安房《あわ》政長　五万石の加賀藩筆頭宿老《しゅくろう》。家康《いえやす》の謀臣《ぼうしん》本多正信《まさのぶ》が先祖。「堂々たる隠密《おんみつ》」。

琴《こと》　本多政長の娘。数馬を気に入り婚約、帰国した数馬と仮祝言《かりしゅうげん》を挙げる。

本多主殿政敏《とのもまさみち》　政長の嫡男《ちゃくなん》。部屋住みの身。

刑部一木《おさかべいちもく》　本多家が抱える越後忍《えちごしのび》・軒猿《のきざる》を束ねる。体術の達人。

佐奈《さな》　琴の侍女。刑部の娘。加賀藩邸を襲撃した無頼の武田四郎《たけだしろう》に惚《ほ》れられる。

村井次郎衛門《むらいじろうえもん》　加賀藩江戸家老。お国入りしている藩主綱紀の留守をあずかる。

松平左近衛権少将綱昌《まつだいらさこんえのごんしょうしょうつなまさ》　越前福井《えちぜんふくい》藩主。加賀藩を監視する役を帯びる。

結城外記《ゆうきげき》　越前福井藩次席国家老。

松平佐馬《さま》　越前福井藩江戸家老。

須郷《すごう》　越前福井藩留守居役。吉原《よしわら》で数馬と政長を男衆らに襲わせた。

前田対馬孝貞《まえだつしまたかさだ》　加賀藩国家老。宿老本多政長の留守を託される。

前田綱紀　加賀藩五代当主。利家《としいえ》の再来との期待も高い。二代将軍秀忠《ひでただ》の曾孫《そうそん》。

堀田備中守正俊《まさとし》　老中。次期将軍として綱吉擁立《つなよしようりつ》に動き、一気に幕政の実権を握る。

徳川《とくがわ》綱吉　四代将軍家綱《いえつな》の弟。傍系ながら五代将軍の座につく。綱紀を敵視する。

布石

百万石の留守居役（十五）

第一章　留守の宿題

一

瀬能琴《せのうこと》は、実家で縫い針を動かしていた。

「姫さま」

琴付の女中夏《なつ》が顔色を変えて駆けこんできた。

「どうしました。騒がしいですよ」

針を止めて琴が夏に落ち着けと諭した。

「若殿さまが……」

夏が言いかけた後ろで、襖が引き開けられた。

「ごめんを」

本多《ほんだ》の家臣が二人、琴の部屋に押し入ってきた。

「そなたら、妾《わらわ》の部屋に許しもなく入るなど、無礼であろう」

琴が家臣たちを叱りつけた。

「ご無礼の段は平《ひら》にご容赦を。殿のお指図でございまする。姫さまには……」

「待ちやれ」

口上《こうじょう》を述べかけた家臣を琴が遮《さえぎ》った。

「…………」

「姫ではないわ。奥方と呼びなさい」

止められて唖然《あぜん》とした家臣に、琴が命じた。

「えっ……」

「何のこと……」

家臣たちが琴の言った意味に戸惑った。

「妾は、仮とはいえ、祝言《しゅうげん》をすませておる。もう、本多家の娘ではなく、瀬能家の嫁であるぞ」

琴が家臣たちに述べた。

「では、奥方さま。殿のお指図でございまする。今より禁足《きんそく》をしていただきまする」

「きさまらっ、姫さまに禁足だと……」

「夏」

家臣が言った口上に夏が嚙みついた。その夏も琴が制した。

「奥方と呼びなさい」

「……申しわけございませぬ」

琴に注意された夏が、一瞬戸惑った後謝罪した。

「で、なんでしたか」

聞いていなかったと琴が、家臣にもう一度言えと促した。

「ですから、殿から奥方さまのご禁足を命じられ……」

「待ちなさい」

何度目になるかわからないほどの割り込みを琴がかけた。

「父が妾に禁足を命じられたのですか」

「いえ、殿とは安房《あわ》さまではなく、主殿《とのも》さまのことでございまする」

家臣の一人が答えた。

本多家は百万石の前田《まえだ》家でも名門である。関《せき》ヶ原《はら》の合戦以降、陪臣《ばいしん》の官職停止となったため、官途名《かんどな》は使えなくなったが、かつて安房守と名乗っていたなごりで、本多政長《まさなが》は安房という名乗りを用いていた。そして、嫡男《ちゃくなん》の政敏《まさみち》も主殿という通称を用いていた。

「兄上が……おかしなことを言います。そなたたちは当家の者ではありませんね」

「いえ、家中の者でございまする。本日、本多家から安房さま御隠居《ごいんきょ》のお届けを出し、代わって主殿さまが、当主となられました」

「本日……。それはまた妙なことを。隠居について、父の了承は取りましたのか」

「存じませぬ。我らは主殿さまより命じられたことをなすだけでござれば」

確認した琴に、家臣の一人が首を横に振った。

「言われたことをなすだけ……それでよく本多の家中だといえますね。あの父が、この大事なときに隠居などするはずはありません。たとえ骨になってでも、加賀《かが》のために働く。それが本多の当主たるものの覚悟」

「…………」

琴に気圧《けお》された一人の家臣が、もう一人を見た。

「殿のご諚《じょう》であるぞ」

もう一人の家臣が、当主の命だと権威を振りかざした。

「だから、その殿が……」

「もう、許してやれ」

まだ言い募ろうとした琴に声がかかった。

「殿」

「………………」

家臣たちがあわてて頭《こうべ》を垂れた。

「兄上さま」

現れたのは、本多政長の嫡男、主殿政敏であった。

「あまりいじめてくれるな。この者どもは、当家の譜代《ふだい》ではなく、奥の輿入《こしい》れに付いてきた者だ」

「義姉上《あねうえ》さまのご実家から……左様でございましたか」

主殿に教えられた琴が納得した。

「わかったならば、おとなしくしておれ」

「なぜこのようなまねを」

命じる主殿に、琴が問うた。

「加賀のためじゃ。そなたも知っておろう。ご当主さまは、上様と将軍の地位を争われた。結果は上様がお勝ちになられたとはいえ、遺恨は残ったであろう」

「ご当主さまが上様と将軍の地位を争われたなどございませぬ。ご当主さまは、将軍になりたいなどとお考えになられたことはありませぬ」

主殿の言葉を琴が否定した。

加賀藩前田家五代当主綱紀《つなのり》は、二代将軍秀忠《ひでただ》の曾孫《そうそん》にあたる。その血筋を買った四代将軍家綱《いえつな》が臨終の床にあったとき、跡継ぎとして綱紀を指名しようとした。

「家綱さまにはじつの弟君があられる」

家綱には綱吉《つなよし》という弟がいた。その弟を差し置いて、外様《とざま》の大名に将軍を継がせるなどという話は幕府を大きく揺るがした。

「わたくしごときに、将軍という重責は務まりませぬ」

しかし最初から綱紀は将軍推戴《すいたい》を拒んでいた。

どれほど周りが持ちあげようとも、本人にやる気がなければ、将軍の地位など手に入るものではなかった。

綱紀を推す大老酒井雅楽頭忠清《たいろうさかいうたのかみただきよ》、綱吉を後押しする老中堀田備中守正俊《ろうじゅうほったびっちゅうのかみまさとし》の代理戦争となった将軍継嗣は、堀田備中守が勝ち、綱吉が五代将軍となった。

しかし、経緯はどうあれ、綱紀が綱吉の前に立ちはだかったのは確かであった。

将軍の地位を継いだとはいえ、己の立場を揺らがした綱紀のことを綱吉が水に流すとは思えず、加賀藩は今まで以上に、幕府の機嫌を窺わなければならなくなっていた。

さらに、加賀藩で五万石という大名並の知行《ちぎょう》を食《は》む本多家は、徳川家康《とくがわいえやす》の謀臣本多佐渡守正信《さどのかみまさのぶ》の子孫である。徳川家康を天下人に押しあげた最大の功労者といえる本多佐渡守は、そのためにいろいろと裏の手を遣った。それが影響したか、本多佐渡守の嫡流は、幕府の忌諱《きい》に触れて改易《かいえき》となってしまった。

その余波は加賀の本多にも及んでいる。

本多佐渡守の血筋は、徳川が天下人として清廉潔白であるためには邪魔なのだ。

つまり、加賀の本多は藩の筆頭宿老としても、また本多佐渡守の子孫としても、幕府に睨まれていた。

「父が上様のお召しを受けたのは知っているな」

「存じております」

確かめた兄に、妹がうなずいた。

「なんのためにお召しを受けたと思う」

「曾祖父本多佐渡守さまのご事跡を聞きたいと」

兄の質問に、琴が答えた。

「本当にそれだけだと思っておるのか」

「思っておりまする」

あきれた顔の本多主殿に、琴が首肯した。

「他になにがあると」

「父を、加賀の本多を、いや加賀藩前田家を陥れるための道具として使うためだ。そうであろう、半之丞《はんのじょう》、三郎兵衛《さぶろうべえ》」

琴に訊かれた本多主殿が、家臣二人に同意を求めた。

「さようでございまする」

「まさに、当家の危機」

半之丞、三郎兵衛と呼ばれた家臣たちが、そろって首を縦に振った。

「父より、御前体《ごぜんてい》無事に終わったと使者が来ておりましたでしょう」

本多政長から綱吉との会談は成功裏に終わったという書状が金沢《かなざわ》まで届いていた。

「あれを信じているのか。甘いの。いかに曾祖父の生まれ変わりと言われても、やはり女は浅はかじゃ」

本多主殿がため息を吐《つ》いた。

「父が無事に江戸《えど》城から出られたことを怖れるべきだ。登城時に咎《とが》められていれば、まだよかった。呼んでおいて咎めるというのは、さすがに上様といえども悪評になる。ゆえに咎めたところで世間が納得するところで止まる。そして、一度咎めたならば、それ以上はできぬ。それこそ、本多に固執していると興味を引くことになろう」

「たしかに」

本多主殿の話を聞いた琴が納得した。

「それがなかったということは、咎めの目がまだ残っているということよ。上様が父に罰を与えようとお考えになられたとき、当主であれば家への影響は避けられまい。下手をすれば、加賀前田家を巻きこむこともありえる」

「…………」

「ゆえに父には当主の座から降りていただく」

本多主殿が結論に至った。

「すでに藩庁へも届け出をだしたとか」

「先ほど、藩庁に使者を立てた」

尋ねた琴に本多主殿が認めた。

「さようでございますか」

琴がふたたび針仕事に戻った。

「いかに妹君であろうとも、無礼であろう」

三郎兵衛が琴に眼を吊り上げた。

「……よい」

本多主殿が三郎兵衛を抑えた。

「ですが、あまりの態度ではございませぬか」

三郎兵衛が我慢ならぬと迫った。

「あれでよい。琴は本多の者ではないと宣したのだ。あやつは瀬能の嫁。ゆえに、本多家のことには口出ししないとな」

「…………」

告げられた三郎兵衛が、驚いた。

「これでよい、これで」

なんどもうなずきながら、本多主殿が琴のもとを去っていった。

「……ご禁足なされよ。我らに要らぬまねをさせないでいただきたい」

逃げだそうとしたら、容赦はしないと半之丞が脅しをかけた。

「…………」

だが、琴の針先はぶれることもなく、動き続けた。

二

帰国した藩主というのは、忙しい。

参府中の政務は宿老たちに任せてあるとはいえ、それを確認しなければならない。もし、綱紀の考えと違っていたりしたならば、調整しなければならなくなる。

「……殿」

小姓《こしょう》が震える声で、綱紀の前に座った。

「どうした」

執務をしながら、綱紀が問うた。

「ほ、本多家より、安房さまのい、隠居願いが……」

「なんだとっ」

さすがの綱紀が驚愕で、腰を浮かせた。

「見せよ」

奪うように綱紀が届けを小姓から取りあげた。

「……なんだこれは」

喰い付くような勢いで届けを読み終えた綱紀が、目を細めた。

「老齢につき、お役にたてまじく、隠居仕りたく存じだと……」

綱紀があきれた口調で言った。

「…………」

小姓は無言でおとなしくしていた。

「江戸から届いたのか」

「いえ、国元の本多さまより、先ほど届けられたものでございまする」

問うた綱紀に、小姓が首を横に振った。

「ふうん」

綱紀が鼻で笑った。

「隠居願いがあるならば、家督相続の願いもあろう」

「こちらに」

手を差し出した綱紀に、小姓がもう一つの届けを渡した。

「主殿政敏に家督相続をお許しいただきたく……か」

さらりと綱紀が届けを読み、笑いを深くした。

「いかがいたしましょうや」

小姓が届けの扱いを問うた。

「放っておけ」

「は……」

あっさりと執務に戻った綱紀に、小姓が唖然とした。

「よろしいのでしょうや」

執政筆頭の本多家は、加賀では藩主家に次いで重い。下手な一門よりも取り扱いには注意が要る。その本多家にとってもっとも大事な家督相続を放置すると言った綱紀に、小姓が懸念《けねん》を表した。

「かまわぬ。それともなにか、そなたが余《よ》の代わりに爺《じい》からの叱りを受けてくれると申すか」

「とんでもないことでございまする」

綱紀に睨まれた小姓が必死で拒んだ。

「であろう。将軍さまに睨まれるより、余は本多の爺に叱られたくはない」

綱紀がため息を吐いた。

「ですが、このまま放置というわけには参りませぬ。他の宿老方への示しがつきませぬ」

小姓が首を横に振った。

「そうか。そうだな」

綱紀が執務の手を止めて、考えこんだ。

加賀藩には本多家ほどではないが、一万石をこえる有力な家臣が七家あった。前田家が尾張《おわり》にいたころから支え続けてきた譜代名門であったり、領地として与えられた加賀、能登《のと》の有力な国人であったり、一門であったりするそれらは、人持《ひとも》ち組頭《くみがしら》と呼ばれ、宿老として藩政にかかわっている。

さすがに一家や二家が逆らったところで、前田がどうこうなるわけでもないが、それでも影響は無視できない。

そんな宿老たちにとって、家督を無事に子孫へ受け継がせてもらえるかどうかというのは、重大事であった。

宿老筆頭の本多家から出された家督相続願い、それを綱紀がどのように取り扱うかは、まちがいなく注目されている。

もし、前田家が宿老たちの力を削《そ》ごうとしているのならば、家督相続を認めなかったり、認めても条件を付ける。

「そなたの父なればこそ、五万石を預けられた。まだなんの実績もないそなたに五万石は難しかろう。功績を積めば、いずれ旧に復してくれる。とりあえず家督相続は認めてやるが、三万石で辛抱《しんぼう》いたせ」

いずれ旧に復するとはいえ、それがいつかは明言しなければ、

「まだ父に及ばぬ」

旧領回復を要求しても、こう言われてしまえばそれまでであった。

百万石という大名随一の石高を誇る前田だからこそ、宿老たちも大名並みの石高と力を持つ。

「いけませぬ」

「それには、いささか時期が早いかと」

どれほど藩主が政《まつりごと》に新たな風を吹きこもうとしたところで、宿老たちが反対すれば通らない。なにせ、人持ち組頭と呼ばれる宿老だけで、十万石をこえるのだ。

これが乱世ならば、まだよかった。強力な家臣団は、戦国を生き延びるために有利であった。

だが、泰平になると有力な家臣は邪魔になった。家中を主君が統率するときに、それに対抗できる勢力として、影響力を持ってしまうからだ。

そうなれば、当然主君は、有力家臣を押さえこもうとし、有力な家臣たちはどうに

かして力を保持しようとする。

そして、家督相続こそ、その均衡が破れるときであった。

「そうよなあ」

綱紀が小姓の進言を受けて、悩んだ。

「この書付が本物ならば、家督相続はすみやかに認めてやらねばならぬ」

本多家はようやく二代を重ねたばかりで、まだ譜代の家臣ではない。しかも関ヶ原の合戦のときは、前田家ではなく宇喜多《うきた》家の家臣として参加している。宇喜多家改易の後、前田家に復し、大坂《おおさか》の陣には参戦しているが、手柄と言えるほどの手柄は立てられていない。

その本多家が、家中最高の禄をもらっている。

いうまでもなく、反発は大きい。

「本多が痛い目を見るならば……」

喜ぶ者もいる。

だが、普段は本多家に反発を抱いている人持ち組頭たちは違ってくる。

「五万石の本多家でさえ、家督相続で禄を減らされた。なれば、我らも同じように……」

人持ち組頭たちは不安になる。

家督相続のため、本多は減禄を受け入れた。前例があるといわれては、反抗もできなくなる。

普段の反発を忘れたかのように、他の人持ち組頭たちが本多家の援護に回ることになりかねない。そうなれば、綱紀の政は、人持ち組頭たちの抵抗で、まったく進まなくなってしまう。

「放置はまずいか」

綱紀が苦い顔をした。

「爺に怒られず、人持ち組頭たちを納得させる……か」

しばらく考えた綱紀が腕組みを解いた。

「本多家は当家にとって格別の家柄である。その当主の隠居、家督相続は徒《あだ》やおろそかにすべきではない。熟考いたさねばならぬ」

「…………」

綱紀の発言を小姓が真剣に聞いた。

「よく調べてから沙汰をいたす」

「はっ」

日延べをすると言った綱紀に、小姓が頭を垂れた。

「その旨、御用部屋へ申しつけておけ」

御用部屋は人持ち組頭たちが、藩政をおこなう場所である。さすがに平士の家督相続などは扱わないが、人持ち組など家中で重きをなす家柄の家督相続は、審議した。

「あと、足軽継《あしがるつぎ》をこれへ」

綱紀が命じた。

「お召しと伺いましてございまする」

すぐに足軽継が、御座《ござ》の間《ま》に面している庭先に現れた。

「しばし待て」

足軽継を待機させて、綱紀が書状を認《したた》めた。

「これを江戸の本多安房に届けよ。よいか、かならず本人に渡せ」

「承りましてございまする」

手渡された書状を足軽継が、恭しく受け取った。

足軽継は、加賀藩前田家独特の飛脚であった。宿場ごとに足の速い足軽を詰めさせておき、交代で走り続けることで江戸と金沢を二昼夜で結ぶ。

百万石という広大な領地を持つことで幕府から警戒されている前田家が、江戸あるいは国元で異変が起こったとき、いち早くそれを知り、適切な対処を素早く取れるように設けられたものであった。

「さて……」

足軽継を送り出した後、綱紀が目つきを鋭いものにした。

「主殿め。爺の残した宿題への答えがこれか。まったく、余を巻きこむな。はあ、面倒は江戸だけでよいというに……」

綱紀が呟いた。

三

加賀藩前田家江戸留守居役《るすいやく》瀬能数馬《かずま》は、今、その役目を外されていた。といっても、なにかしでかしたというわけではなかった。

「さて、今日はどこへ行くかの」

朝餉《あさげ》を終えた本多安房政長が娘婿の数馬へ話しかけた。

「義父上《ちちうえ》のお好みに合わせますする」

数馬が本多政長の考えに従うと応じた。

「……はあ」

本多政長がわざとらしいため息を吐いた。

「そんなことで、よく留守居役が務まるの」

「……申しわけございませぬ」

叱られた数馬が頭を下げた。

「留守居役というのは、藩の付き合いを担う。そうだな」

「さようでございます」

確認した本多政長に、数馬がうなずいた。

「もし、そなたが接待をせねばならなくなった相手が、昼間どこかの名所を訪れたいと言われたときはどうするつもりだったのだ」

「それは……」

数馬が詰まった。

「どうすると訊いておる」

本多政長が返答しろと命じた。

「先達《せんだつ》によきところを教えていただき……」

「己が行ったこともない、なにもわからぬところに、大切な客人を連れていくと」

「…………」

「神社仏閣ならば、その由来を語らねばなるまい。まあ、それくらいは半日もあれば覚えられようが、そんな誰でもわかるようなことで、客をもてなしたと言えるのか。その客が後日、こういうところに加賀の瀬能に案内されて、いろいろと面白い思いをした。そう言ってくださるのか」

「…………」

たたみかけてくる本多政長に、数馬は反論できなかった。

「よいか、客をもてなすというのは、己がここなればと思えばこそだと知れ。そなたが心の底からよいところであると思わぬ限り、接待を受ける客は底を見抜くぞ」

「はい」

完膚なきまでにたたきのめされた数馬がうなだれた。

「やはり琴を呼んだほうがよいかも知れぬな」

本多政長が数馬を見て言った。

「はあ……」

「琴が申しておったぞ、越前《えちぜん》で琴を手籠めにしようとした松平左近衛権少将《まつだいらさこんえのごんしょうしょう》どのを威圧したときのそなたは、雄々しかったと」

「いや、あれは……」

「それでよいのよ。男が守らなければならぬものは、己の子を産んでくれる女である。男はすべからく、女の腹から生まれる。この世は女がおらねば、続かぬのだ」

照れた数馬を本多政長が鼓舞《こぶ》した。

「なにより、いつまでもそなたと離したままでは、主殿が哀れじゃ」

「義兄上《あにうえ》が……」

本多政長の口から出た琴の兄の名前に、数馬が怪訝《けげん》そうな顔をした。

「琴は主殿のもとにおるだろう。主殿では、琴に勝てぬ」

「………」

妻の恐ろしさにかかわることである。数馬は肯定も否定もできず、沈黙した。

「琴が主殿の重石になっておる。それがよいかと思っておったが……ちと厳しいかの」

小さく本多政長が嘆息した。

「ところで、婿どのよ」

本多政長が、雰囲気を変えた。

「吉原《よしわら》の後始末はどうするつもりかの」

「……吉原の後始末でございますか。ならばすでに西田屋甚右衛門《にしだやじんえもん》どのが、つけてくださったのでは」

問われた数馬が首をかしげた。

本多家と吉原のかかわりを教えるために、数馬を連れて大門《おおもん》をくぐった本多政長は刺客に襲われた。

越前松平家の留守居役須郷《すごう》の望みを拒み、あしらったことへの報復として、吉原の男衆たちの襲撃を受けた。

もちろん、剣術の達人、上杉謙信《うえすぎけんしん》が駆使した戦国の忍《しのびのき》軒猿《ざる》の頭を供としている数馬と本多政長に勝てるはずはなく、男衆たちはあっさりと撃退された。

まだ吉原へ来て日も浅く、そのしきたりを甘く見ていた男衆たちは、その後吉原惣名主西田屋甚右衛門によって制裁されたが、安心して遊べるはずの吉原で、客が命を狙われたというのは大きい。

吉原はわびとして、当代きっての名妓《めいぎ》高尾太夫《たかおたゆう》を数馬に差し出していた。差し出したといっても、落籍させたわけではなかった。

江戸の豪商、大名でも呼ぶことが難しい高尾太夫をいつでも数馬の求めに応じて、宴席に侍《はべ》らせることができるようにしたのだ。

吉原一の高尾太夫は、すなわち天下一の遊女である。その名声は天下に鳴り響き、一度でいいから高尾太夫と添い寝をしてみたいと考えている男は多い。

だが、それを叶えるのはかなりの困難であった。

吉原は遊女と客を夫婦として扱う。つまり、一夜限りの関係というのはない。高尾太夫を閨《ねや》に招くには、それだけの格式がある揚げ屋を用意して、派手な宴席をおこなうだけの財力が要る。

不思議な話だが、高尾太夫といえども揚げ代と呼ばれる一夜の借り切り料金は、他の太夫と同じで、一両と少しでしかなかった。しかし、それだけで高尾太夫を我がものにできるものではなかった。

まず、高尾太夫の属している三浦屋《みうらや》の客にならなければならない。不意に三浦屋を訪れて、高尾太夫を呼んでくれなど論外であり、まず上客の紹介が要った。

高尾太夫は吉原の看板でもある。紹介を受けたからといって、早速という話にはならなかった。その客が高尾太夫を呼ぶに値するかどうかを、三浦屋の主《あるじ》四郎《しろう》右衛門《えもん》が確認しなければならない。もし、紹介があるからと信用して、高尾太夫の身体に傷を付けたり、口汚く罵《ののし》られたりしては、大事になる。

高尾太夫を敵娼《あいかた》と決めた客は、三浦屋の主四郎右衛門の面談を受けなければならず、これを無事に終えて、ようやく初回にいたる。

初回の顔見せ、裏を返したといわれる二度目で会話、そして杯《さかずき》ごとも称される三回目でやっと床入りが許される。

もちろん、初回、裏返し、三度目ともに豪勢な宴席をしなければならない。また、高尾太夫の供はもちろん、揚げ屋の主、奉公人、三浦屋の主以下全員に、毎回心付けを出さなければいけない。

これらの金がすさまじい金額になる。

「一分ずつだよ」

心付けに一分金なんぞ、出そうものならば、

「太夫、あの御仁は意外と吝《しわ》いようで」

「見た目ほど余裕はないのでは」

たちまち悪口を高尾太夫に吹きこまれる。

そうなると床入りが雑になったり、逢瀬を断られたりする。そうならないようにするには、小判《こばん》を出すことになり、毎回、毎回、数十両が心付けだけでとんでいった。

「高尾太夫を」

どれほど裕福な藩でも、留守居役にそんな金は遣えない。たとえそれが老中を接待

する場であったとしても無理であった。

その高尾太夫を数馬は正規の揚げ代と宴席の費用だけで、呼び出せる。

「高尾太夫と一夜を過ごせるならば……」

数馬の接待を受けた者は、皆、加賀藩の要求を呑む。呑まない限り、高尾太夫と会うことはできないのだ。

まさに、数馬は鬼札《おにふだ》を手にしたも同然であった。

「甘いの」

吉原が片を付けたので、こちらからなにもする気はないと答えた数馬に、本多政長が大きくため息を吐いた。

「甘い……でございますか」

数馬が納得できないといった顔をした。

「吉原のしたことは、手を出した者への処断、そしてそなたへの詫びだけじゃ。須郷という馬鹿は、吉原を使えなくなったが、それだけ。たしかに吉原に嫌われては、留守居役としてやってはいけなくなろう。されど身はそのまま、越前藩士である」

「咎めを受けておらぬと」

「受けておらぬと申してはおらぬ。だが、それは我らが与えたものではない」

本多政長が首を横に振った。

「このままにしておくのは悪手《あくしゅ》であるぞ」

「やられたらやり返せと」

岳父《がくふ》の言いたいことを数馬は理解した。

「そうじゃ。加賀は越前に手痛い目に遭わされながら、なにもできずにいると世間から思われれば、家の威が欠ける」

本多政長が数馬をじっと見た。

「…………」

数馬が考えた。

「……越前のもっとも嫌がることをいたしましょう」

少しして、数馬が口にした。

「もっとも嫌がることとは、なんじゃ」

口の端をゆがめながら、本多政長が尋ねた。

「越前の太守松平左近衛権少将さまが、書かれた詫び状を上様へ差し上げましょう」

「あははっはっは」

大声で本多政長が笑った。

「それでよい」

本多政長が数馬を褒めた。

「詫び状なんぞ置いておいても、意味がない。遣いどころが難しいだけじゃ。ならば、上様にお渡しするのが一番である」

「上様はどのようなご判断をなさいましょう」

それが気がかりだと数馬が質問した。

五代将軍綱吉が、かなりきつい性格であるというのは、越後《えちご》高田《たかだ》の松平家への裁定を見てもわかる。綱吉を将軍の座からもっとも遠ざけた大老酒井雅楽頭が下した越後騒動の始末を綱吉は認めなかった。綱吉は将軍になるや、ただちに審議のやり直しを開始、酒井雅楽頭の裁定をひっくり返し、お構いなしとされた越後高田の松平家を改易、家老を切腹させるなどして、見せしめをおこなった。

数馬は越前松平家が潰されぬかというのを気にした。

藩が潰れると家臣は浪人になる。浪人となった者は、うまく世渡りできた者を除いて没落していく。家宝を売り、妻や娘を遊郭に沈め、そして死んでいく。

その引き金を引いたのが、己だと思うと気が重い。

「気に病むことではない。詫び状なんぞを書いた左近衛権少将どのが悪いのよ」

本多政長が手を振った。

「上様は越前松平家を潰されまい。越後高田松平家と違い、越前松平家は酒井雅楽頭どのとかかわりがないからな。せいぜい、左近衛権少将どのを隠居させ、石高を少し削るていどであろう」

「隠居ならば、問題はございませぬ」

数馬が安堵した。

「どれ、国元へ使いを出さねばなるまい。殿から詫び状を送っていただかねばならぬ」

本多政長が腰をあげた。

「足軽継でございまするか」

執政以上であれば、足軽継を利用できる。

「ああ。軒猿のほうが足は速い。したが、軒猿では、殿に表立って会えぬ。夜中に軒猿を殿の寝所に忍ばせるのは簡単だが……やっと国元で藤《ふじ》の方と睦《むつ》まじくされているのを邪魔するのはよろしくない。そろそろ殿にもお世継ぎさまを儲けていただかねばならぬでの」

綱紀は保科肥後守正之《ほしなひごのかみまさゆき》の娘摩須《ます》姫を正室に迎えていたが、子をなすことなく亡くしていた。その後継室を迎えておらず、今は国元に一人側室がいるだけであった。

「お願いをいたしまする」

「ああ」

娘婿でも数馬では、足軽継を動かせない。頭をさげた数馬にうなずきながら本多政長が、長屋を出た。

「越前の藩士たちを気遣う。いや、己の業を怖れたか。まだまだ執政としては遣えぬな。かと申して、あまりいじりすぎては、夫を枉《ま》げられたと琴が怒ろう。今のところは詫び状に思いいたっただけでよしとするべきじゃな」

本多政長が苦笑した。

四

越前松平家次席家老結城外記《ゆうきげき》は、本多主殿が起こした騒ぎのために棚上げされてしまった。

「加賀守さまへのお目通りは……」

金沢本多屋敷に逗留している結城外記が、世話役の本多家家士に問うた。本陣にいた結城外記の負担を慮《おもんぱか》った本多主殿が客として招いていた。そのじつは、城下に見慣れぬ武家が滞在していては目立ってしまうからであった。

「わかりかねまする」

家士が首を横に振った。

「主殿どのにお目にかかりたい」

「現在、多忙にいたしておりますゆえ、しばしお待ちを」

結城外記の願いはどちらも一蹴された。

「なにが起こった……」

一人蚊帳《かや》の外状態の結城外記は戸惑うしかなかった。

「調べて参れ」

「はい」

結城外記が越前から連れてきていた家臣に命じた。

「御出歩きはご遠慮いただきたく」

客間として与えられている座敷を出た途端に、家臣は家士によって制された。

「なにが起こっているのかをお教え願いたい」

家臣も本多の家士に止められたので戻ってきましたでは、主命を果たしたとは言いがたい。

「役に立たぬ。もうよい、暇《いとま》を取らせる。どこへなど行くがよい」

いらだっている主君の八つ当たりを受けかねない。

「家中のことなれば、お口出しはご無用に」

だが、家臣の思いなど気にしていないと、けんもほろろに家士が拒絶した。

「……申しわけございませぬ」

得るものなく帰ってきた家臣が、結城外記の前でうなだれた。

「よい」

ここで家臣を責めるようでは、主君としての度量が問われる。

「とはいえ、このまま待ち続けるというわけにはいかぬ」

結城外記は松平左近衛権少将綱昌《つなまさ》の泣くような頼みを受けて、金沢まで来ている。

「急いでくれよ」

若い松平左近衛権少将は、己が犯した失策のために詫び状を書かざるを得なくなった。半ば脅されたようなものだとはいえ、そのときは納得して書いた。

だが、それがどれほど危ない行為であったかということに、書いてしばらくして気づいたのだ。

「そのような恥の証を残すようなお方が、越前の太守として十分とは思えませぬ」

越前松平家という一門大名の座を狙う者は多い。なかには綱昌よりも正統の者もいる。

「浅はかであった」

しくじったと知って以来、綱昌は夜も眠れていない。

綱昌が悪いのはたしかであった。他家の留守居役の妻とわかっていながら、召し上げようとした。家中の侍の妻でもまずいのに、百万石の留守居役の妻、それもあの本多家の娘と来れば、加賀藩に喧嘩《けんか》を売ったに等しい。

「取り戻して参りまする」

成功すれば、次席家老から筆頭国家老への出世が約束されている。結城外記は、勇んで金沢へ来た。

「返してもらえるだろう」

加賀藩前田家百万石とはいえ、神君家康公《しんくんいえやすこう》の次男結城秀康《ゆうきひでやす》を祖とする越前松平家よりは格下になる。

こちらから謝意を見せて、頼めば詫び状は取り戻せる。多少の譲歩は求められるだろうが、さほどの難事ではないだろうと、結城外記は考えていた。

綱紀に会えればなんとかなる。そう信じていた結城外記は、前提条件さえ成り立たない状態に困惑をするしかなかった。

「あまりときはかけられぬ」

一日、二日ならば、早馬で駆ければ取り戻せる。しかし、それが十日、一ヵ月にならないという保証はない。

「殿が保たぬ」

綱昌はかなり追いつめられている。手間取れば、帰ったところで綱昌乱心という事態になっていてもおかしくはない。

「なにをしていた」

そうなれば、結城外記が咎めを受けることになる。

「なんとかして……事情を探らねばならぬ」

結城外記が苦吟した。

「そうじゃ、瀬能の妻、本多家の姫がおられたはず」

琴のことを結城外記が思い出した。

「殿、それはより難しゅうございましょう」

家臣が首を横に振った。

奉公人を抱えられないほど貧しくないかぎり、武家は女を客の前に出さない。ましてや五万石という大名として扱われる石高と、徳川家康股肱の臣の末裔《まつえい》という系譜を持つ本多家である。客が姫に会いたいなどと言い出しても取り合うはずはなかった。

「留守居役ではないが、交渉をしてみせようぞ」

結城外記が肚《はら》をくくった。

家臣が本多家の家士を呼んできた。

「部屋から出るなとのお定めゆえ、従っておりまするが、さすがに籠もっていては気が滅入りまする。いかがでございましょう、顔を合わせたことのある瀬能どののご妻女とお話しをさせていただきたい」

「主に問うて参りまする」

家士が一度客間を出た。

一応とはいえ、客として迎えた人物を軟禁状態においている。これはどう考えても非難されてしかるべき行為である。

滞在先の屋敷の娘に会わせろなどという礼儀知らずな要求でも、家士が一存で却下するわけにはいかない。

「殿」

「どうした。越前一行が怒りだしたか」

結城外記に付けている家士の呼びかけに、本多主殿が訊いた。

「それが……」

家士が結城外記の要求を伝えた。

「琴に会いたいか。たしかに琴と結城どのとは面識があるな」

本多主殿が思案に入った。

「断りましょうや」

家士が気遣った。

「そうよなあ……いや、会わせてみよう」

少し悩んで本多主殿が決断した。

「よろしいのでございまするか」

「かまわぬ。ただし、三郎兵衛を同席させよ」

確認した家士に、本多主殿が近習を見張りにするとの条件を付けた。

「わかりましてございまする」

家士が首肯して、さがっていった。

「琴と越前か、おもしろいことになるの。結城どのよ、貴殿はまちがえた。会えるまで吾に面会を求めるべきでござった」

　小さく本多主殿が笑った。

「身中の虫も、そろそろ動き出すか。まったく、父上も御自身でなさればよいものを」

　本多主殿が呟いた。


　糸尻をくくって、琴の針仕事は終わった。

「できました」

　琴が張っていた気を緩めた。

「どう」

　自慢げに琴が縫い終えた襦袢《じゅばん》を控えている夏に拡げて見せた。

「お見事でございまする」

　夏が称賛した。

「初めての割りにうまくできたわ」

　琴が笑った。

「旦那さまのお身肌に触れるものは、できるだけわたくしがいたしたいと思う。いずれは、吾が子の産着もね」

「奥方さまならば、おできになりまする」

幸せそうにほほえむ琴に、夏もうれしそうにした。

「姫……いえ奥方さま」

襖の外から三郎兵衛の声が聞こえてきた。

「どうぞ」

あくまでも瀬能家の嫁という立場で押し通そうと、琴が三郎兵衛にもていねいに応じた。

「御免をくださいませ。越前松平家次席国家老結城外記さまが、お目にかかりたいとお求めでございまする」

「わたくしに……はて、わたくしのような平士の妻に、越前松平家の次席国家老さまともあろうお方が御用とは」

三郎兵衛の言葉に、琴が小首をかしげた。

「御用はなにか存じませぬが……兄上さまはどのように」

駄目だったら、三郎兵衛がここに来ることなく、本多主殿が断っている。わかっていながら、琴が問うた。

「奥方さまならば、問題はなかろうと」

「……そうですか。まったく、兄上さまは」

答えた三郎兵衛に、琴がため息を吐いた。

「わたくしが同席させていただきまする」

「どうぞ。ただし、お口出しはご遠慮くださいませ」

見張っていると言った三郎兵衛に、琴が釘を刺した。

「承知いたしておりまする。では」

結城外記を連れてくると言って、三郎兵衛が一度外した。

「奥方さま……」

「変わりませんね、兄上さまは。義姉上さまをお迎えになられて、少しは責任というものをお持ちになったと思ったのですけど……相変わらず、面倒ごとはわたくしに押しつけるのですから」

気遣う夏に、琴が苦笑した。

「ご案内仕りました」

三郎兵衛に連れられて、結城外記が現れた。

「ご苦労さまでした。どうぞ、結城さま」

三郎兵衛をねぎらって琴が結城外記に上座を勧めた。

「いや、わたくしは」

本多家の姫よりも上座はと、結城外記が遠慮した。

「いえいえ、わたくしは加賀藩留守居役瀬能の妻でございますれば」

琴が首を左右に振った。

「それに結城さまには、兄がご迷惑をお掛けいたしておるようでございますし」

「では……」

それ以上の譲り合いは無駄だと、結城外記が上座へ腰を下ろした。

「夏、茶を」

「はい」

琴に言われた夏が、部屋の隅に切られた炉《ろ》を使って、茶を点《た》てた。

「どうぞ」

夏が結城外記の前に茶碗を置いた。

「頂戴いたす」

結城外記が茶を喫《きっ》した。

「結構なお点前《てまえ》でございました」

「お粗末さまでございました」

点てたのは夏だが、指図したのは琴である。結城外記の御礼を琴が受けた。

「さて、お話をお伺いいたしましょう」

来客の喉も潤さずに、用件に入るのは失礼に過ぎる。琴が結城外記に用件へ入るよう促した。

「では……」

首肯した結城外記が、一度居住《いず》まいを正した。

「拙者、我が殿、左近衛権少将の命を受けて、こちらに参りました。殿の用件を前田加賀守さまにお伝えすべく、本多さまに仲立ちをお願いいたしましてございまする」

「左近衛権少将さまの御用とあれば、あらかじめ先触れをいただければ、なにも本多家を頼られずとも、直接城へ行かれれば……」

「殿より、秘密裏にと言われておりまするので」

先触れを出したら、いついつ越前から使者が城へと来るとわかってしまう。監視役でもある越前松平家から使者が来るとなれば、加賀藩士の興味は強くなる。当然、ことは大きくなった。

「本多家を通じて、密かに殿へお目通りを願おうとなされた」

「…………」

確認した琴に、結城外記が無言で肯定を示した。

「それがどうして、わたくしに」

わかっていながら琴が尋ねた。

「ご存じでございましょう。本多さまのお屋敷がなにやら騒動となっていることは」

「わたくしは先ほども申しましたように、瀬能家の嫁でございまする。本多さまにながあろうともわかりませぬ」

婚家を呼び捨て、実家に敬称を付けて、琴が事情を報《しら》されていないと告げた。

「迂遠《うえん》なまねは止めましょう」

結城外記の表情が険しいものになった。

「急いでおるのでございまする。当家は今、種々の問題を抱えており、次席とはいえ、国家老が長く城下を離れているのはよろしくござらぬ。早急に加賀守さまにお目通りをいただかねばなりませぬ」

「密事と仰せでございますか」

「さよう」

不思議そうな顔をした琴に、結城外記が首を縦に振った。

「ということは、公ではない」

「表に出せぬと、あなたもご存じのはず」

詫び状を作ったとき、その場にいただろうと結城外記が言った。

「ああ、あの左近衛権少将さまが、吾が夫に向かって……」

「お声が大きい」

わざと手を打って思い出したと声を張りあげた琴を、あわてて結城外記が止めた。

「ご内聞に、ご内聞に」

結城外記が両手を伏せるようにして、琴を宥《なだ》めた。

「そうだったのでございますね。それは存じませんでした。ところで、兄はこのことを存じておりましょうか」

頭を下げながら、琴が尋ねた。

「お話しを申しあげましたら、ご存じだと」

結城外記が告げた。

「なるほど。では、お手間を取らせてもいたしかたございませぬ」

「いたしかたないとは、どういう意味でございましょう」

琴の言いぶんに、結城外記が嚙みついた。

「どのような用で会いたいと、詳細を言えばこそ、目通りは早くできると申すものでございましょう。用件は言えぬ、ただ急ぎゆえ、会わせろは、いささか当家を軽くお考えでは」

琴が礼儀に適《かな》っていないと、結城外記を注意した。

「左近衛権少将さまのご用件でございまするぞ」

結城外記が自家の主君に敬称を付けてしまうほど混乱した。

「それがどうかいたしましたので」

琴が怪訝な顔をした。

「そうそう、当然、左近衛権少将さまのご書状をお持ちでございましょう」

「密事だと申した。書状などあるわけない」

証拠になる書きものなど持ってくるわけなかろうがと、結城外記が反論した。

「では、結城さまの用件が、左近衛権少将さまのご依頼だとは言えませぬ。証《あかし》がないのでございますよ。そんな怪しげな使者を殿に会わせる。それも密事だからといって、他人《ひと》払《ばら》いを求めたうえで。もし、あなたさまが刺客であったとしたらどうなりまする」

「拙者が刺客……そのようなことはない」

琴の発言を結城外記が顔色を変えて否定した。

「その保証はどこにございます」

「越前松平家の家老が刺客なわけなかろうが」

態度の変わらない琴に、結城外記が興奮した。

「それを調べておるのでございます、兄は。手間がかかって当然でございましょう」

「急ぎ……」

「それはそちらさまの事情。加賀藩前田家のつごうではございませぬ。お嫌ならば、一度国元へお戻りになられればよろしいかと。あらためて先触れをいただけば、お待たせすることはございますまい」

言いかけた結城外記を琴が封じた。

「夏、お客さまをお送りいたせ」

「はっ」

「……………」

これ以上話すことはないと述べた琴に、結城外記が無言で席を立った。

五

足軽継は、しっかり二昼夜でそれぞれの届け先に着いた。

「おもしろいこともあるものだ」

前田綱紀は、足軽継を通じて、本多政長の要求を知り、驚いていた。

「父親が求めるものを、息子が守りとおしたか」

綱紀が感心した。

「連絡を取り合うことなく、これだからな。本多は怖《おそ》ろしい」

「いかがなさいました」

足軽継が来たと知らされた人持ち組頭の前田孝貞《たかさだ》が、綱紀のもとへ顔を出した。

「見ろ」

手にしていた本多政長からの書状を、綱紀が渡した。

「……越前さまの詫び状とは……」

聞いていないと前田孝貞が、怪訝な顔をした。

「それはな……」

綱紀が概要を語った。

「当家の留守居役にそのようなまねを」

前田孝貞が唖然とした。

「左近衛権少将も馬鹿ではないが、少し甘やかされすぎたようじゃ」

小さく綱紀が笑った。

「これを上様に……よろしいのでございまするか」

「本多の爺が判断したのだ。まちがいはなかろう。なにより、まだ詫び状が吾が手元にあるというのも定めである」

「なんのことで……」

もう一度前田孝貞が首をかしげた。

「そなたも本多家が馬鹿をしておることは知っておるな」

「はい。報せてくれる者がおりましたので」

「ふん、娘に付けた者どもであろう。それくらい、爺は知っておるぞ」

隠密《おんみつ》を入れていると暗に言った前田孝貞に、綱紀が嘲笑《ちょうしょう》した。

「存じておりまする」

前田孝貞が、綱紀の嫌味をあっさりと流した。

「互いに相手の手は見抜いておりまする」

「そう思うか。あの本多だぞ」

「……………」

言われた前田孝貞が黙った。

「まあ、よい」

綱紀が、前田孝貞をいじめるのを止めた。

「さきほどのそなたの問いだがな。本多主殿のところに越前松平家の家老が来ておる。それも……」

「……………」

確認だとばかりに見た綱紀に、前田孝貞が無言でうなずいた。

「その家老がな、本多を通じて、余に目通りを求めて参った」

「先触れはなかったと聞いておりまするが」

「密かにということだろうよ」

「なるほど、目的は詫び状でございますな」

前田孝貞が納得した。

「あんなものを書いたこと自体、話にならぬが、聞けば命の瀬戸際《せとぎわ》だったらしい。かわいそうだとは思うが、それでも論外じゃ。なにせ使いようによっては、越前松平家を潰すこともできるからな」

「それを表沙汰になる前に返してくれでございますか。また、なんとも甘い」

小さく前田孝貞が首を横に振った。

「見返りなしでは、承知せんぞ」

ただで返すつもりはないと綱紀が述べた。

「とは申せ、あまり無体《むたい》なまねもできまい。領地の割譲は、幕府が許さぬし……」

大名の領地はすべて幕府から与えられたという形を取っている。それを勝手に遣り取りすることはできなかった。

「なにをお求めになられるおつもりでございました」

「金か、湊《みなと》だな」

前田孝貞の質問に綱紀が答えた。

「金はいくらあってもよい。しかも、表沙汰にできぬ金じゃ。幕府から咎められずに、隠し金ができる。まあ限界はあるがな」

「さようでございまする。金は色が付いておりませぬ。あればいろいろなところに使うことができましょう」

執政としても金は助かると前田孝貞が同意した。

「湊は越前の湊による船を半分、能登《のと》へ譲ってもらう」

大坂を出た北前船《きたまえぶね》は、敦賀《つるが》や三国《みくに》などの湊によることが多い。湊に船が来れば、入船料だけでなく、商品の売り買いで商いも活発になる。儲けが大きくなればなるほど、藩への上納金も増えた。

「ですが、どちらも安いですな」

前田孝貞が渋い顔をした。

「一気にむしり取れれば儲けも大きいのだが、さすがに越前松平家の当主が落ちこんでいては、すぐになにかあったと幕府に気づかれてしまう。目立たぬように利を求めるとしたら、この辺りが落としどころだろう」

綱紀が嘆息した。

「どちらにせよ、詫び状は返してやることになる」

越前松平家と加賀藩前田家との力関係は、石高とは逆であった。

「安売りをせねばならぬかと思っていたところに、主殿のあれじゃ」

「安房どのの隠居、主殿の家督相続でございますか」

主殿は前田孝貞の娘婿になる。義理とはいえ息子になるため、主君の前で敬称を付けるのは避けるべきであった。

「そうよ。主殿め、余の惜しむ気を感じ取ったのか、父安房の留守中に詫び状を返しては叱られると思ったのか、家中を割ってまで馬鹿をしおった。今、本多屋敷は安房と主殿のどちらに付くかで揺れている。その騒動を利用して、主殿め屋敷を封じおった」

綱紀が楽しそうに笑った。

「阪中玄太郎《さかなかげんたろう》でございましたか、主殿に誘いをかけた者どもをあぶり出すためだと思っておりましたが、まさかそのようなことまで」

聞かされた前田孝貞が目を剝いた。

「主殿を甘く見過ぎておったわ。いや、これも安房の手か。己に注目を集め、主殿を見えなくする。安房さえいなくなれば、本多は恐るべきではなくなると誤認させてきた」

「……なんとも」

綱紀と前田孝貞が顔を見合わせた。

「ですが、殿」

前田孝貞が頭を小刻みに振って、思考をもとに戻した。

「この詫び状を上様にお渡ししてよろしいのでございますか」

「安房の策ぞ」

その一言で、綱紀が議論を終わらせた。

「足軽継をこれへ」

「はっ」

前田孝貞が手を突いた。


本多政長は、綱紀からの書状を読んで苦笑した。

「義父上、いかがなさいました」

「ほれ」

様子の変化に疑問を発した数馬へ、本多政長が書状を放り投げた。

「拝見……これはっ。まさか、義兄上が」

数馬が驚愕した。

「そうか、そなたは主殿とあまりつきあいをしておらぬか」

みょうな納得を本多政長がした。

「なんのことでしょう」

数馬が落ち着いている本多政長に怪訝そうな顔をした。

「主殿に、儂《わし》を追いおとすだけの覇気がない。器量なら十分あるのだがな。あやつめ、そろそろ父を楽にしてくれと頼んだら、死ねばゆっくりできますよと言いおった」

本多政長が頬をゆがめた。

「しかし、まだまだ甘いの。儂を排除する動きはよい。だが、隠居届けだけならば殿は揺らがれぬ。おそらく無視なさって日を稼がれるだろう。それでは、足らぬ。やるならば、詫び状を餌に越前松平家の後押しを得るくらいせねばの。まあ、成長を認めてはやるか」

「……はあ」

聞いた数馬が唖然とした。

「なにを他人事《ひとごと》だという顔をしている。そなたも本多の一門ぞ。しかも、主殿の補佐をせねばならぬのだ」

「遠慮させて……」

「させるものかよ。でなければ、琴はやらぬ」

逃げようとした数馬を、本多政長が押さえこんだ。

「さて、遊びはここまでとして」

「……………」

不意の切り替えに、数馬が目を白黒させた。

「国元は放っておけばいい」

「まことに、それでよいのでございまするか。本多で騒動が起こっているとなれば、要らぬ動きをしでかすものも出て参りましょう」

「それが目的よ」

「あっ……」

ようやく数馬が理解した。

「それにな、どのような手立てを弄《ろう》したところで、本多の家督を主殿に認めるかどうかは、殿次第ぞ。あの殿が、儂を楽にさせてくれると思うか」

「いいえ。殿ならば、義父上が骨になっても、まだ使われましょう」

死しても名は残る。本多政長が生前に画していた策と銘打つだけで、脅《おび》える者はいくらでもいる。

「であろう。なれば、国元は無視して、こちらは江戸を護りきるだけよ」

本多政長が強い語調で言った。

散々待たされた結城外記のもとに、綱紀から呼び出しが来た。

「一刻《いっとき》（約二時間）後、登城されたし」

「やっとか」

結城外記がため息を吐いた。

「お待たせをいたしましてござる」

本多主殿が詫びた。

「まことに」

不満が溜まっていた結城外記は、外交上の儀礼を無視して、本心を口にした。

「では、参りましょうぞ」

殿中で他藩の者が勝手に歩くわけにはいかない。しかも今回は、できるだけ衆目を惹かない状況での目通りを希望している。

事情を知っている本多主殿が案内役を務めるのは、当然であった。

筆頭宿老ともなると嫡男でも相応の権威がある。

城の玄関から、綱紀の御座の間まで、誰一人結城外記を誰何《すいか》しなかった。

「あり得ぬ」

越前松平家では、家老であろうとも、綱昌の御座まで見慣れぬ者を伴っていれば何度か誰何される。

それが金沢城ではなかったことに、結城外記が驚いていた。

「殿、主殿でございまする。結城外記どのをお連れいたしましてございまする」

御座の前で本多主殿が膝を突いた。

「…………」

あわてて結城外記も従った。

「入れ」

綱紀が入室の許可を出した。

「ぶしつけなお願いを申しましたこと深くお詫びいたしまする」

襖際で結城外記が平伏した。

「待たせたこと、余の本意ではない」

謝罪はせず、綱紀が応じた。

「多忙である。時節の挨拶は抜きでよい」

さっさと用件を言えと、綱紀が命じた。

「本多どの……」

伝えていなかったのかと結城外記が、本多主殿を睨んだ。

「他家の密事を口にはできませぬ」

平然と本多主殿が答えた。

「……主左近衛権少将が認《したた》めました書状をお返し願いたく、参上つかまつりましてございまする」

結城外記が告げた。

「ああ、あれか。左近衛権少将どのの詫び状」

「書状でございまする」

主君が謝ったという表現を、結城外記が避けてくれと求めた。

「あれならば、もうない」

「ない……おふざけになられては」

「昨日まであったのだがな」

「どういうことでございまするか」

いけしゃあしゃあと言う綱紀に、結城外記が顔色を変えた。

「あの詫び状の正当な持ち主である瀬能から、返して欲しいという連絡があってな。江戸へ送った」

「なっ……」

淡々と述べた綱紀に、結城外記が言葉を失った。

「なぜ、今ごろ」

一度藩主公へ差し出したものを返せなど、無礼以外のなにものでもない。結城外記が理由を問うた。

「知らぬ。持ち主が返せというのだ。返すのが当然であろう。用件はそれだけならば、帰れ」

要求ばかりで、代償や綱昌の謝罪などを一切口にしない結城外記に、綱紀が怒りを見せた。

「お待ちを……」

「結城どの」

迫ろうとした結城外記を本多主殿が抑えた。

「これ以上殿に近づかれるならば……」

本多主殿が脇差《わきざし》に目を落とした。

「はめたのか」

結城外記が震える声で、本多主殿に訊いた。

「いいや、そなたが来たときはなんの問題もなかった。さすがにただで返すわけにはいかぬが、多少の取引であれは渡す気でいた」

「ではなぜ、今になって……」

綱紀の説明に、結城外記が喰い下がった。

「江戸でなにかがあった。それくらいわかれ。主殿」

「はっ」

結城外記に告げた綱紀の指示で、本多主殿が立ちあがった。

「城から出られなくなりますぞ」

「儂まで……」

「密使でございましょう。来たか来なかったか、こちらが証明する義理はございますまい。なんのために本陣から我が屋敷へお移りいただいたと。御家中の方も……」

「家臣どもも始末する気か」

本多主殿の話に結城外記が脅えた。

「おのれ……」

「お考え違いをなさっては困りますな。わたくしは前田の臣でござる」

「…………」

結城外記が呆然となった。

「それよりも、早く江戸のことをお調べになるべきでしょう。なにがあったのかを」

「ご、ごめん」

囁《ささや》かれた結城外記が、一応の礼儀として頭を下げ、綱紀のもとを去っていった。

「つぎは、有象無象か」

綱紀が大きくため息を吐いた。

第二章　古きもの

一

世話になったとのあいさつもなく、結城外記は金沢を発ち、福井《ふくい》へと戻っていった。

「礼の一つも言えぬとは、さみしいことだ」

見送った本多主殿があきれた。

「江戸で何があったのかは知らぬが、父を怒らせたのだ。その報いは大きいぞ」

本多主殿が茫洋《ぼうよう》とまでいわれている柔らかい表情を一瞬消した。

「殿、阪中が近づいて参るようでございまする」

本多主殿の耳に、軒猿が囁いた。

「来たか。思ったより遅かったの」

冷たい声で本多主殿が続けた。

「用意はできているな」

「すでに厩《うまや》にて待機いたしておりまする」

「よし、出せ」

「はっ」

軒猿がすばやく下がった。

「さて……」

ふたたび本多主殿がおとなしい三代目の顔に戻った。

「本多どの」

屋敷へ戻ろうとした本多主殿に声がかけられた。

「……阪中氏ではないか」

本多主殿が気づいた。

「少しよろしいか」

阪中玄太郎が、余人を交えず話をしたいと本多主殿を誘った。

「かまわぬが、せねばならぬこともある。あまり長くは困る」

「承知しておる」

嫌そうな顔をした本多主殿に、阪中玄太郎がうなずいた。

「しばし、待て」

供として付いてきている半之丞に付いてくるなと指示して、本多主殿は阪中玄太郎の後を追った。

「ここいらでよかろう」

阪中玄太郎がずらりと繋がる本多屋敷の外壁、その中央あたりで足を止めた。

「なにかの」

一間（約一・八メートル）ほど離れたところで、本多主殿も立ち止まった。

「まずは、お祝いを申しあげよう。家督相続おめでとうござる」

いつの間にか同輩に対する口調となった阪中玄太郎が、本多主殿に祝意を述べた。

「まだ殿のお許しは出ておらぬがの」

「出るとも。まもなくな」

否定した本多主殿に阪中玄太郎が自信ありげにうなずいた。

「どういうことぞ」

綱紀の性格はよくわかっている。親が相手とはいえ、謀叛《むほん》のようなまねをした本多主殿を、その思惑《おもわく》に従って、当主として認めるほど、綱紀は甘くなかった。

「隠居がいなくなればすむだろう」

「なんのことだ」

驚くこともなく、本多主殿が首をかしげた。

「……わからない」

阪中玄太郎が驚きで呟いた。

「隠居とは誰のことだ」

重ねて本多主殿が問うた。

「いや、気にするな。まあ、今すぐというわけではないが……」

あわてて阪中玄太郎が首を横に振った。

「そうか。だが、吾の家督が認められるというのはうれしい限りじゃ」

本多主殿がのんびりとした声を出した。

「であるな」

同意しながら、阪中玄太郎が冷たい目で本多主殿を見た。

「ところで、わざわざ本多家の新当主が見送りに出るほどの人物とは誰だ」

阪中玄太郎が本題に入った。

「先ほどの御仁か」

「そうだ」

確認してきた本多主殿に、阪中玄太郎が首肯した。

「おぬしも知っておるだろう。越前藩松平の家老どのよ」

「ああ。まだいたのか」

結城外記が本多家を訪れたとき、阪中玄太郎も同席していた。

「殿のご都合が合わなかったのよ」

「なるほどの。で、どうなったのだ」

「さあ、知らぬ。案内しただけで同席を許されたわけではないのでな」

その場にいたのは、綱紀、結城外記、そして本多主殿だけである。偽ったところで、誰も否定できなかった。

「なぜ、求めぬ」

「殿から邪魔だと手を振られたならば、しかたあるまい」

「うっ」

そう言われれば阪中玄太郎は反論できなかった。

「殿」

そこへ半之丞が近づいてきて声をかけた。

「なんじゃ」

「用意ができましてございまする」

問うた本多主殿に半之丞が告げた。

「そうか。阪中氏、しばし、失礼する」

本多主殿が早馬《はやうま》に乗った使者に近づいた。

「よいか、くれぐれも気をつけて参れ。決して余人には渡すな」

「はっ」

本多主殿の命を受け、早馬の使者がうなずいた。

「では、行くがよい」

「おう」

本多家から早馬が出た。

「中座をした」

早馬を見送って、本多主殿が帰って来た。

「あれはなんだ」

「教えられぬ」

阪中玄太郎の質問に本多主殿が首を左右に振った。

「なんだと。我らは同志ぞ。その仲間にも言えぬのか」

拒絶した本多主殿に、阪中玄太郎が迫った。

「相手方ときつく約定《やくじょう》をかわしたゆえな。これを破れば、本多の名前が地に落ちる」

武士の約束は固いと本多主殿が言った。

「なにを言っている。本多佐渡守さまは、大坂冬の陣の後豊臣《とよとみ》家をだまし、夏の陣で滅ぼした。大名同士がかわした約定を破ったのだ」

阪中玄太郎が述べた。

本多佐渡守正信は、大坂冬の陣の和睦《わぼく》条件として、大坂城の外堀廃棄を豊臣秀頼《ひでより》に呑ませた。

「お手伝いをいたしましょう」

豊臣家の手で埋め立てられるはずだった外堀は、本多佐渡守の指図を受けた諸大名、旗本たちによって埋め立てられた。

「埋めるものが足りぬゆえ、ちと壁を崩しますぞ」

豊臣秀頼の許可も取らず、本多佐渡守は大坂城の塀、櫓《やぐら》を勝手に崩し、堀へと沈めた。

「そこは外堀ではない」

さらにあわてる豊臣方を無視して、本多佐渡守は外堀だけでなく、内堀まで埋め始めた。

「惣堀《そうぼり》と申したはず」

本多佐渡守は外堀を惣堀の聞きまちがいだと、止めようとする豊臣方を押さえつけて大坂城の堀をすべて埋め立てた。

堀、壁、櫓を失い、本丸とその周囲だけになってしまえば、天下人だった豊臣秀吉《ひでよし》が権力と金を湯水のように使って造りあげた難攻不落の大坂城も素裸同然になり、二度目の侵攻を防ぎきれず、落城した。

「はて、そのような話は存ぜぬが」

曾祖父本多佐渡守に従うべきだという阪中玄太郎に、本多主殿が怪訝な顔をした。

「なにを言う。有名な話であるぞ」

阪中玄太郎がふざけるなと本多主殿に迫った。

「いや、嘘ではない。吾はその話を知らぬ」

「曾孫が聞いていないだと……」

「いかにも。父からそのような話は聞いておらぬ」

本多主殿がうなずいた。

「……先祖の不名誉を隠したか」

さげすむような表情を阪中玄太郎が浮かべた。

「無礼を言うな。吾が父を侮蔑《ぶべつ》するならば……」

怒りを本多主殿が見せた。

「だが、そのとおりではないか。本多佐渡守がやったことを子孫に伝えず、忘れさせようとしている」

「本多佐渡守だと……きさま」

敬称を外した阪中玄太郎を本多主殿がにらみつけた。

「すまぬ。本多佐渡守さまであった」

さすがにこれは阪中玄太郎が悪い。本多主殿を怒らせて、決別となったら阪中玄太郎の責任になる。

阪中玄太郎が頭を下げた。

「されど、話は……」

「おぬしが直接見聞きしたのだな」

まだ続けようとした阪中玄太郎を本多主殿が遮った。

「そんなわけはなかろう。大坂夏の陣だと六十年から前ぞ。生まれてさえおらぬ」

「では、おぬしの父上か、祖父どのから聞いたか」

「いや、阪中家は、大坂へ出向かず、小松《こまつ》城の留守を預かっていたと聞いている」

さらに問われた阪中玄太郎が答えた。

「ならば、又聞きでさえないの」

「……皆申しておるぞ」

本多主殿に突っこまれた阪中玄太郎が言い返した。

「吾はその話を信じぬ。曾祖父が謀臣だったことは認めるが、そのようなまねをしたとは思わぬ。もししたとしても、徳川の天下を守るための行為であり、恥ずべきではないと胸を張る」

「わかった」

阪中玄太郎が受け入れた。

「では、これでよいか。拙者は家中の把握に忙しい」

これ以上は話さぬと本多主殿が拒絶した。

「ああ、手間を取らせた」

こう言われればどうしようもない。さすがに本多家の嫡男に強要することはできなかった。

阪中玄太郎が首を縦に振った。

「……本多といえども先祖の悪口は耐えがたいか」

本多主殿の背中が小さくなっていくのを見ながら、阪中玄太郎が呟いた。

「子孫に伝えなくとも、世間は忘れぬ。本多佐渡守の悪業は末代まで残るわ」

阪中玄太郎が吐き捨てた。

「それにしても、本多主殿に約定を強いれる相手とは誰だ。顔を見たが、家中の者ではなかろう。覚えがなかった」

早馬の向かった先を阪中玄太郎が考えた。

「江戸に向かう東ではなく、西へと向かっていった。あちらには大聖寺《だいしょうじ》前田がある」

加賀の前田家は分家を二つ立てていた。

一つは十万石の富山《とやま》藩で、加賀藩前田家三代利常《としつね》の次男利次《としつぐ》が祖となり、もう一つの大聖寺藩は同じ利常の三男利治《としはる》が七万石をもらって独立した。

いうまでもないが、分家は本家の石高から領地を分けてもらう。当然、その石高に応じた家臣たちを連れていってくれないと、本家が人員過剰になる。

もちろん、すべて本家だけで補えるわけではなかった。

「半知でもよろしゅうございまする。なにとぞ、加賀藩に仕え続けさせていただきますよう」

意地でも分家に行くのは嫌だという連中が出てくる。

当たり前といえば、当たり前である。

本家分家の関係は、家臣にも及ぶ。分家に付けられた者は、同じ前田家の家臣として今まで肩を並べてきたのが、突然格下扱いされるのだ。

「喜んでお仕えさせていただきまする」

なかには分家へ進んで行きたがる者もいた。石高はそのままで分家へいけば、家臣としての格があがるのだ。

加賀の前田家、すなわち本家で千石などさほどではない。しかし、それが十万石あるいは七万石となれば、上士になった。

さすがに門閥《もんばつ》家老とまではいかなくとも、中老《ちゅうろう》、組頭といったあたりにはなれる。

そこで藩政に加わり、手腕を見せれば、さらなる出世も望める。

数の多い加賀藩では目立たなくとも、分家に属せば出色となれる。

だが、こういった者は少ない。とくに一定以上の家柄だと、格落ちを極端に嫌がる。

ようは加賀で知られた家柄の者たちは選ばれて付けられた門閥家老職以外はいないといえる。

阪中玄太郎が分家の者の顔をすべて知らないのは当然であった。

「この時期に……大聖寺へ早馬を出す」

阪中玄太郎が疑問を感じたのも当然であった。

「まさか……」

阪中玄太郎が目を大きく開いた。

「殿には跡継ぎがおられぬ。継室の話も聞かぬ。ただ、お国御前さまだけをお側においておられる。側室を増やされる様子もないとなれば……養子を」

小さく阪中玄太郎が震えた。

「大聖寺藩主前田飛驒守《ひだのかみ》さまの姉姫さまが、本多安房の正室」

本多政長と大聖寺二代藩主前田利明《としあき》は、義理の兄弟になる。大聖寺藩の重職が、本多家を訪れても不思議ではなく、それを本多主殿が秘したのも当然といえば当然であった。

「飛驒守さまには、男子が何人かおられたはず……」

阪中玄太郎が息を吞んだ。

「これは、お報せせねばならぬ」

あわてて阪中玄太郎が駆けだした。

その様子を本多家の御殿、その屋根の上から軒猿が二人見ていた。

「……………」

無言で一人が阪中玄太郎の後を追った。

「逃すなよ」

残った一人が、同僚の背中に目をやって、無音で屋根から降りた。

「若殿……」

居室に帰った本多主殿の前に、軒猿が湧いた。

「動いたか」

「内匠《たくみ》が後を追いましてございまする」

問われた軒猿が答えた。

「では、始めようか。家中の掃除を」

本多主殿が感情のこもっていない顔で宣した。

二

金沢から福井まではおよそ二十二里（約八十八キロメートル）ほどである。馬を潰す勢いで駆けさせれば、昼前に金沢を出て、翌日の朝には着く。だが、これは夜中も駆け続けたとした場合であり、暗くて前がよく見えず、道も整備されているとは言いがたい状況では無理であった。

むやみに走って道の穴にでもはまれば、馬は骨を折るし、乗っている者は投げだされて、最悪死ぬこともある。

「くそっ」

焦る結城外記も、無茶はできなかった。もし、怪我でもすれば、より知らせは遅れることになるし、治療や後始末で藩に迷惑をかける。

一夜を大聖寺城下で過ごした結城外記は、日が昇るのを待ちかねて、宿を出発、昼すぎに福井へと入った。

「殿に急ぎのお目通りを」

馬で走ったため、土埃で汚れていたが、着替えや風呂の手間も惜しいと結城外記が願った。

「身形《みなり》を整えられたほうが……さすがにそれでお目通りは御家老といえども、無礼であろうとのおとがめを受けかねませぬ」

取り次ぎ役の小姓が、助言した。

「火急じゃ」

「あまり殿のご機嫌がうるわしくございませぬ。昨日も当番小姓が些細なことでお叱りを受け……」

そんな場合ではないと拒んだ結城外記に小姓が声を潜めた。

「……むっ。それでもだ」

一瞬苦い顔をした結城外記だったが、首を横に振った。

「そこまで仰せとあれば。取り次ぎましょう」

引く気配のない結城外記に、小姓があきらめた。

「殿」

「うるさいっ」

控えの間から声をかけた小姓を綱昌が怒鳴りつけた。

「……次席家老結城外記が、目通りをと願っております る」

小姓が一度息を吸い直して、取り次いだ。

「おおっ、外記が参ったと申すのだな。なにをしておる、すぐに呼べ」

綱昌が満面に喜色を浮かべた。

「……殿」

御座の間上段の綱昌に向かって、くたびれた結城外記が下座で平伏した。

「おおっ、外記。やっと戻ったか。ずいぶんと遅かったの」

綱昌が大声で結城外記を迎えた。

「早速だが、取り戻してきたのだろうな」

労《ねぎら》いもなく綱昌が、身を乗り出した。

「…………」

「どうした、外記。さっさと書状を余に」

うつむいたままの結城外記に、綱昌が手を出した。

「申しわけもございませぬ。書状は返してもらえず……」

「なにを申しておる」

失敗を報告した結城外記に、綱昌が首をかしげた。

「加賀守さまが、すでに手元にはないと」

「……どういうことだ」

綱昌の興奮が一気に下がった。

「密かにということでございましたゆえ、本多家を通じまして……」

経緯を最初から結城外記が語った。

「なにをしていた。なぜ、越前松平の家老が、外様の家老に足留めをされねばならぬ。越前少将たる余の求めを、加賀守は最優先せぬ」

綱昌が怒りを露わにした。

「加賀などそもそも余と同列に大廊下で控えられる身分ではないのだぞ。それが余の求めを拒むなど、増長いたしおって」

「殿、なにとぞ、お平らに」

大声でわめく綱昌を結城外記がなだめにかかった。

「黙れ、きさまも、きさまじゃ。あのとき余を助けもせず、刺客の盾にもならず、書状を書けと勧めたうえに、取り戻すこともできぬだと。余が不明であったわ。そなたのような裏切り者に大事を託すなど……」

わなわなと綱昌が震えた。

「お怒りは、後ほどいくらでもお受けいたしまする。それよりも今は、江戸へ送られた書状を取り戻すことが肝要かと」

「なぜ、江戸に書状が」

「……………」

今説明したばかりである。それでもわかっていない綱昌に結城外記が沈黙した。

「外記、言え」

「江戸屋敷の者は、なにやら加賀藩の者に要らぬ手出しをいたしたようでございまする。それを怒ったあの瀬能数馬という留守居役が、書状を返してくれと加賀守さまに申し出たとか」

「江戸屋敷の者が……」

もう一度説明を受けて、ようやく綱昌が理解した。

「馬鹿どもが。なぜ、皆をして余の足を引っ張るか」

綱昌がまたも頭に血をのぼらせた。

「国元だけでなく、江戸が……」

「とにかく、今は詫び状を」

迂遠な言いかたを結城外記が止めた。

「詫び状……そうじゃ、詫び状じゃ」

綱昌が詫び状という言葉に反応した。

「江戸への道中で奪い取れ」

「それは叶いませぬ。すでに詫び状は金沢を離れて三日になりまする。加賀藩の誇る足軽継ならば、もう詫び状は江戸屋敷に着いておりましょう」

指示に結城外記が首を左右に振った。

「間に合わぬと申すかっ」

あっさりと綱昌が興奮状態に戻った。

「江戸で交渉するしかございませぬ。瀬能を怒らせた理由を探り、それに対処して、詫び状の返却を求めるべきでございまする」

「瀬能……」

思い出したのか綱昌がさらに怒りを増した。

「お怒りはごもっともでございまするが、まずは江戸へ指図をやらねばなりませぬ」

「早馬を出せ」

「それでは、詫び状のことが藩内に知られてしまいまする」

宿場ごとに馬を乗り換えて急ぐ早馬がもっとも早いが、江戸までの間をずっと駆け続けられる馬術の達人でなければ、身がもたなかった。

言うまでもないが、早馬の使者は綱昌がどのような用件を運ばせているかは知らされない。懐に巻き付けた油紙に厳重な封印をされた書状をくくりつけているだけだからだ。

しかし、江戸へその書状が運ばれたときは、その開封に同席する。命じられた相手以外が封を破っては、指示がその通りにおこなわれなくなるかも知れない恐れがでる。

たとえば、江戸家老を拘束せよという命令が、最初に当人の目に触れれば、なかったことにすることも、逃げ出すこともできる。

早馬の使者には、確実に相手が開封するのを見届ける責任があった。

結城外記は、そこから詫び状の一件が漏れる可能性を指摘した。

「そなたが行け」

「わたくしが……」

言われた結城外記が驚いた。

結城外記は現在お家騒動の余波で、失職した執政たちのなかで唯一残った家老職である。数日空けるくらいならばまだどうにでもなるが、江戸へ行き、詫び状奪還の指揮を執るとなれば、一ヵ月は国元を留守にしなければならなくなる。

そんな長期不在の間も藩政は動く。まだ辞令が出ていないだけで、筆頭国家老になることがわかっている結城外記だが、この大事の時期にいなければ、戻ってきたところでその居場所があるとは限らなかった。

「そなたに余の代わりを命じる。江戸屋敷を使ってかまわぬ。詫び状を取り返せ」

「殿のお名前を使っても」

「かまわぬ」

念を押した結城外記に、綱昌が即答した。

「……………」

結城外記が考えこんだ。

国元の筆頭家老は、藩主が留守の間はその代行として全権を振るえるだけの力を持つ。それに比して、江戸家老は江戸屋敷と幕府、諸藩とのかかわりを担当した。ただ、幕府要人との付き合いができることで、外圧という力を手にできる。

「御老中さまより、このようなお話をいただきましてございまする」

これに逆らえる者はいない。国元の筆頭家老はもちろん、藩主でさえ老中には遠慮しなければならないのだ。

国元で好き放題するのも魅力あるが、この間の騒動にかかわっていなかったことで、かえって結城外記の立場は微妙な状況にあった。

「謹慎を命じられていても、動くべきであった」

「吾が身の咎めを怖れて、引きこもっているようで、なんの家老か」

騒動を起こした連中と縁があったことで連座させられた者、本多大全《たいぜん》方と争って被害を受けた者から、非難の声があがっていると結城外記は知っていた。

「このまま国元にいては、いずれ足下を掬《すく》われるか」

「うん、なんぞ申したか」

結城外記の独り言を、綱昌が聞き咎めた。

「いえ、なんでもございませぬ」

すっと姿勢を正した結城外記が、手を突いた。

「殿のご諚とあれば、外記は命をかけて果たしてみせまする」

「うむ。頼んだ」

「つきましては、江戸家老上席のお墨付きをいただきたく」

うれしそうにうなずいた綱昌に、結城外記が要求した。

「また、書きものか」

詫び状で懲りた綱昌が嫌そうな顔をした。

「江戸の者たちが、わたくしの指図に従わなければ、動きが取れませぬ。そのとき、殿のお墨付きがあれば」

お守り代わりだと結城外記が言った。

「そうか。江戸屋敷の者どもを使わねば、手は足りぬな」

納得した綱昌が、結城外記を江戸家老上席とし、その指示は綱昌のものと同じであるとのお墨付きを書いた。

「ありがとうございまする」

受け取った結城外記が、お墨付きをいただいた。

三

加賀藩の足軽継を襲う山賊や盗賊はいなかった。

足軽という身分と役目柄全力で走り続けなければならないため、太刀を差さず脇差だけしか帯びていないが、藩の大切な書状や品を無事届けなければならないだけに、武にも精通しているのが、足軽継であった。

「殿より筆頭宿老さま」

板橋《いたばし》で引き継ぎを受け、本郷《ほんごう》まで駆けた足軽継が上屋敷の門前で叫んだ。

「開けよ」

綱紀からの書状となれば、潜《くぐ》り門を使わせるわけにはいかなかった。

加賀藩の表門が大きく引き開けられ、足軽継を受け入れた。

「安房さま、足軽継でございまする」

「もう半日かかるかと思っていたが、さすがは殿だ。判断がお早い」

足軽継が今日中に着くと予想していた本多政長は、どこにも出かけず数馬の長屋で待機していた。

「いってらっしゃいませ」

筆頭宿老として受け取る書状となれば、数馬は部外者である。数馬が本多政長を送り出そうとした。

「なにを申しておる。そなたも来るのだ」

「……なぜでございましょう」

本多政長にあきれられた数馬が、首をかしげた。

「福井藩を相手にするのだ。他藩との交渉は、留守居役の仕事であろうが」

「……わかりましてございまする」

巻きこまれるのかと数馬が、嘆息を隠して登殿の用意をした。

「袴《はかま》を」

「はい」

佐奈《さな》がかいがいしく数馬の世話をした。

「似合いだの」

その様子を本多政長が微笑みながら見た。

「父としては、いささか微妙ではございますが」

本多政長に付いてきた軒猿頭《がしら》の刑部《おさかべ》が頬を引きつらせていた。

「娘というのは、いずれ父より男がよくなるものぞ。なにせ、あの琴でさえ、女の顔をするようになった」

「…………」

苦笑した本多政長に、刑部は口をつぐんだ。

「言いたいことがあるなら、言え」

長い付き合いの主従である。本多政長が、刑部を促した。

「いえ、さすがに主家の姫さまに対し、失礼すぎると」

「それでわかるわ」

言いわけした刑部に、本多政長が嘆息した。

「されど、よきものよな。娘の幸せそうな顔というのは。もっとも、娘を奪われた腹立たしさを消し去るほどではないがな」

本多政長が数馬を睨んだ。

「はい」

刑部も本多政長と同じ思いだと首肯した。


上屋敷表御殿の書院の上座に足軽継が立ち、少しだけ下座で控える本多政長に書状が渡された。

「たしかに受け取った」

「はっ」

書状が手を離れると、足軽継が、書院を出て廊下で控えた。

中身を見て返事が要るときは、そのまま受け取って板橋宿へと向かわなければならないからであった。

「……ご苦労であった」

返事は不要だと労《ねぎら》いの言葉を使って、本多政長が告げた。

「では、これにて御免をこうむりまする」

一礼して足軽継が下がっていった。

「さて、村井《むらい》を呼んで参れ」

「はっ」

本多政長に命じられた数馬が腰をあげた。

「ああ、一緒に留守居役肝煎《きもいり》も連れてこい」

「おればよろしゅうございますが……」

留守居役肝煎の六郷大和《ろくごうやまと》は、諸藩との付き合いも多い。昼間でも上屋敷にいることは珍しい。

「いなければ、先達の誰かを捕まえよ」

数馬の危惧に、本多政長が応じた。

加賀藩筆頭江戸家老の横山玄位《よこやまはるたか》は、大老酒井雅楽頭の策に踊らされて前田家に危機を招いてしまった。そのため、綱紀から謹慎を命じられ、藩政への参加を止められている。

今、加賀藩江戸屋敷は、次席江戸家老村井次郎衛門《じろうえもん》の差配で動いている。

「村井さま」

「……瀬能か。どうした、忙しいときに」

勘定方《かんじょうかた》や普請方《ふしんかた》を前にして、執務していた村井が、眉をひそめた。

「申しわけございませぬ。本多さまがご足労いただきたいと」

岳父といえども公式の場では、筆頭宿老として遇しなければならない。

「殿からのお指図か」

足軽継が国元から来たことは御用部屋にも報されていた。

「内容までは伺っておりませぬ」

「わかった。すぐに参る」

聞かされていないと首を左右に振った数馬に、村井が承知した。

「お願いをいたしまする」

「待て、瀬能が案内してくれるのではないのか」

立ち去ろうとした数馬に村井が驚いた。

「わたくしは、留守居役のどなたかを呼びにいかねばなりませぬ」

「留守居役……六郷か、五木《いつき》か」

「できれば、そのお二人のどちらかを」

村井の確認に数馬が首肯した。

「ならば、諸事多忙である。留守居役が出向いてから参ろう。帰りに迎えてくれ」

「はい」

数馬が応じた。

「よろしいのでございまするか。本多さまをお待たせして。わたくしどもならばお気遣いいただかなくとも、進めておきまする」

同室している勘定方の役人が、気を遣った。

「そうではないわ。今行けば、本多翁と二人きりになるだろうが」

「…………」

村井の返答に、勘定方が黙った。

「わかったであろう。さ、仕事を」

ため息を漏らした村井が、一同を促した。


本多政長が皆の参集を瞑目しながら待っていた。

「越前から家老が詫び状の返却を求めて来たか」

目を閉じたままで、本多政長が呟いた。

「遅かったな」

本多政長があきれた。

藩主公の詫び状など、この世にあってよいものではなかった。

武士は人の上に立つ者である。それだけにまちがいは許されない。なかでも武士の頭領である大名、将軍は絶対に正しくなければ、政をおこなえなかった。領主はまちがえないと信じていればこそ、領民たちは大名に従う。

その大名が、悪かったと詫び状を書いた。

もし詫び状のことが外に漏れれば、一揆《いっき》が始まっても不思議ではない。

「書くべきではないし、やむを得ず書いたならば、大急ぎでなにを代償にしても取り返すか、破棄すべきである。それができなかった……」

本多政長が眉間にしわを寄せた。

「城下の騒動を抑えきるのに、それだけ手間取ったということ……」

隣藩が混乱すれば、どうしても影響は受ける。

「まったく、越前はろくなことをせぬ」

本多政長が嘆息した。

越前松平家の始祖は徳川家康の次男結城秀康である。関ヶ原の合戦には出陣せず、関東の抑えを命じられた結城秀康は、その功績で下総《しもうさ》結城十万石余から越前北之庄《きたのしょう》六十八万石へ移された。

大封を得た秀康は慶長十二年（一六〇七）に病死、後を継いだのが嫡男の忠直《ただなお》であった。忠直が幼くして藩を継いだことで、藩政の実権を巡って騒動が起こり、家老が幕府から咎められて追放された。しかし、それで終わらなかった。大坂夏の陣で大坂城一番乗りの手柄を立てながら、加増がなかったことに不満を持った忠直が、乱暴狼《ろう》藉《ぜき》を働き、ついに隠居を命じられた。

当主が隠居させられた越前藩は、嫡男光長《みつなが》への継承を認められず、忠直の弟忠昌《ただまさ》が三代藩主となった。しかし、領地は七十五万石から、五十万石へと減らされた。

幸い、忠昌は穏やかな性質であったこともあり、その一代は安泰であった。だが、忠昌の死後、越前藩は揺れた。忠昌の長男昌勝《まさかつ》は実母の身分が悪く、嫡男になれずに五万石で分家させられ、越前藩は弟の光通《みつみち》へ譲られた。これを不服として昌勝が越前藩に介入した。

「庶子《しょし》に家督は継がせぬというのが、越前松平の家訓でござれば」

昌勝がそうだったのだ。光通を推した家老たちの言葉は正論といえば正論になる。

不幸なことに光通は正室との間に男子がなく、側室に一人の男子がいた。そこへ、弟で越前吉江《よしえ》藩主昌親《まさちか》の要らぬ口出しがあり、光通は唯一の男子に家督を渡せなくなった。

「子を産めぬことを恥じまする」

光通の正室国姫《くにひめ》は、女児二人を産んでいながら、跡継ぎを儲けられなかったことを気に病み、ついに自死してしまう。

「権蔵《ごんぞう》がいなければ、国姫は死ななくてもすんだ」

光通の庶長子である権蔵直堅《なおかた》に、矛先が向けられた。

「このままでは殺される」

国姫の死後すぐに、身の危険を感じた権蔵直堅が越前を出奔した。

「なさけなし」

正室の自死、庶長子の出奔と問題が重なった光通も、周囲の圧迫に耐えかねて自害してしまった。

「昌親に家督を継がせていただきたく」

光通は、庶兄昌勝の思惑とは異なり家督を弟へ譲ると遺言した。

「越前松平は将軍家に近しい家柄である」

他の大名で、当主が自害などすれば、改易は免れない。しかし、加賀藩の背中を窺う越前には、信頼のおける一門でそれなりの石高を持つ大名が必須である。

幕府は越前松平家四十七万五千石に昌親の吉江藩二万五千石を含めて五十万石として継続させた。つまり、実質の咎めは与えられなかった。

「なぜ、余ではない」

またも弟に本家を奪われた昌勝が憤り、より藩政へ影響を及ぼし始めた。結果、家中は昌勝派、昌親派に割れてもめ続けた。

「これ以上の騒動は、藩を危なくする」

昌親はわずか二年で、家中の動揺を抑えるために、昌勝の長男綱昌に家督を譲って隠居した。

「そこまでして担ぎ出した左近衛権少将さまが、あれではな」

本多政長が首を横に振った。

「お待たせをいたしましてございまする」

数馬が村井と五木を連れて、戻って来た。

「ふん……」

本多政長が村井を見て鼻で笑った。

「……」

村井が気まずそうに目を伏せた。

「近くに寄れ。儂ももう年寄りじゃ、大声を出したくはない」

本多政長が一同を手招きした。

「はっ」

数馬が率先して前へ出た。

「よかろう」

村井と五木が数馬より身体半分遠いのを、皮肉げな目で見ながら本多政長がうなずいた。

「まずは、これを読め」

「殿からのお沙汰書でございますな」

五木に報せるため、村井がわざと口にした。

「拝見仕りまする」

一度押しいただいてから、村井が書状を読んだ。

「五木」

「ははっ」

綱紀からのものだと聞かされた五木が、緊張しながら受け取った。

「……さて、理解したな」

五木が読み終わるのを待った本多政長が、一同の顔を見渡した。

「これはまことでございまするか」

最初に村井が尋ねた。

「うむ。この瀬能が書かせた」

「なんとっ……」

五木が目を剝いた。

「松平左近衛権少将さまに詫び状を……」

村井も驚愕していた。

「なにを驚いている。当然の行為である。よくぞ、口約束だけですませず、形にした。これで越前松平は、加賀の前田に逆らえなくなった。大手柄じゃ」

本多政長が呆然《ぼうぜん》となっている二人を一喝した。

「ですが、藩主公に詫び状を書かせたなど、僭越ではございませぬか」

五木が蒼白になっていた。

「そなたならば、どうした」

「わたくしならば、その場に留守居役を呼び、貸し一つと……」

「話にならぬ」

貸しですませると言った五木に、本多政長があきれた。

「越前松平を敵に回すわけにはいきませぬ」

敵対しては加賀が保《も》たない。適当なところで手を打つことが、留守居役の本分だと五木が主張した。

「敵に回すのではない。敵に回れなくしたのだ。瀬能は。それくらいわからぬのか。よくそれで留守居だと言えたものよ」

本多政長が五木を叱った。

「申しわけございませぬ」

「安房さま、このようなこと、誰も予想できませぬ」

詫びた五木を村井がかばった。

「留守居というのは甘いものだの。いつなにがあっても最良の対応が取れるようにいたすのが、執政、そして留守居であろう」

「……心得違いをいたしておりました」

本多政長に言われた村井も頭を下げた。

「次郎衛門、しっかりいたせ。そなたはいずれ横山に代わって、江戸を預かることになるのだ。江戸は敵地であるぞ。少しの油断が、藩の命運を分ける。人持ち組頭への推薦をためらわせるな」

「わたくしが……人持ち組頭に」

村井が大きく目を開いた。

「横山があれでは、困るだろう。横山は一度国へ戻し、儂が鍛え直すつもりでおるが、二年や三年では、とても足りぬ。そなたならば、江戸を預けていいと殿へ申しあげた余の顔を潰すな」

本多政長が村井を諭《さと》した。

「気をつけまする」

村井が感動した。

四

「五木と申したな」

「はっ」

顔を向けられた五木が緊張した。

「越前松平家の留守居役須郷という者を知っておるか」

「須郷どのでございますか。親しいとは申しませぬが、同格組、近隣組の会合でたまに顔を合わせまする」

　問われた五木が答えた。

「須郷どのが、なにか」

「瀬能にの、詫び状を黙って渡せと申してきたのよ。先達の命にはなにがあっても従わねばならぬと脅してな」

「それは……」

　本多政長に教えられた五木が詰まった。

　藩の外交を担う留守居役には独特の決まりがあった。藩の格、本人の石高などではなく、いつ留守居役になったか、その早さで序列が決まるというものである。先達の言葉は、主君のものよりも重いなどと嘯《うそぶ》き、新参者を笑いものにしたり、小間使いのように扱ったりが当たり前のように横行していた。

「それが悪いと申しておるわけではない。留守居役には留守居役の慣例があって当然であるからの。だが、宴席での戯れでしかない。五万石の藩が姫を百万石の前田家に押しつけようとしても、なるものではない。たとえ留守居役同士が先達、新参のかかわりで話を付けておろうともな」

のだ。


「たしかに」

五木が同意した。

藩と藩の繋がりは、留守居役が勝手に決めていいものではなかった。たとえ、両方の藩が納得したところで、幕府が認めなければ、まさに絵に描いた餅にしかならないのだ。

「それだけですんだのなら、須郷ごとき相手にせぬ。いや、三日足らずで忘れ去ったであろう。だが、須郷はさらなる愚かなまねをした」

小さく本多政長がため息を吐いた。

「吉原で余と瀬能を襲わせたのだ」

「げっ……」

本多政長の言葉に、五木が絶句した。

「ほ、本多さまを……」

村井も目を剝いていた。

「ご無事で……ああ、吉原でございましたな」

身を乗り出しかけた村井が、気づいて腰を落とした。

「そなたは知っておるようだな。吉原と本多のかかわりを」

「はい。先代さまより伺っておりまする」

先代とは綱紀の父光高《みつたか》のことである。

「吉原が御免色里《ごめんいろざと》と呼ばれておるのは、本多佐渡守さまのご尽力の結果であると」

「尽力したかどうかは知らぬが、本多家は吉原と縁が深い」

村井の発言を本多政長が認めた。

「もちろん、吉原に住まいする者すべてが、事情を知っているわけではない。ゆえに須郷の誘いで我らを襲うなどというまねをした馬鹿が出た。とはいえ、馬鹿どもは、瀬能とその従者、余の供によって排除された」

たいしたことではなかったと本多政長が告げた。

「なれど、見逃すわけには参らぬ。仮にも加賀藩の筆頭宿老を狙ったのだ。いくら吉原が、苦界《くがい》であり、世間の縁《えにし》はかかわりないとはいえ、そんなものは建前でしかない。吉原にもしがらみはある」

「…………」

吉原を利用する機会の多い留守居役五木が真剣な表情で聞いた。

「妓との睦言は、すべて楼主の耳に入ると思え」

本多政長が、五木に注意を喚起した。

「……っ」

五木が息を呑んだ。

「しゃべりすぎてはおるまいの」

「…………」

じろりと見られた五木が目を逸らした。

「尻拭いはしておけよ。妓と楼主に多めに祝儀を渡せば、外には漏れぬ」

「本多さまに……」

「儂を遣おうとするな。そなたの睦言くらいで、吉原への貸しを無にするわけには参らぬ」

すがろうとした五木を、本多政長が冷たくあしらった。

「誘われたからといって、腰軽く吉原へ行くのではない。もし、行くのならば、そなたの行きつけている見世から接待を受ける見世へ話を通しておけ。いいか、女という者は妓でなくとも演技がうまい。いかにも惚れているような振りは、罠だと思え」

「……はい」

釘を刺された五木が、肩を落とした。

「すんだことを気に病むな。今度はこちらから仕掛け返せばよい。取り返せぬ失敗はない。たしかに旧に復することはできずとも、被害を取り返すことはできる。しでかしたならば、それを上回る策を働かせよ」

「そういたしまする」

落ちこんだ五木を、本多政長が叱咤《しった》した。

「ということで、余は殿にお預けしていたこの詫び状を江戸へ送っていただいた」

あらためて本多政長が、綱紀の書状へ頭を垂れて敬意を表した。

「それをどのようにお使いなさいますか」

五木が問うた。

「上様に差し上げる」

「なっ」

「……うっ」

告げた本多政長に、村井と五木が驚愕のあまり声をなくした。

「いくらなんでも、やりすぎでございましょう」

五木が顔色を変えた。

「詫び状が上様のお目に留まれば、左近衛権少将さまはお叱りを受けまするぞ。いえ、上様のお気持ち次第では、隠居も……」

影響が大きすぎると五木が首を強く横に振った。

「では訊くが……国元を預かる筆頭宿老の余がなぜ江戸におる」

「それは上様のお召しに応じられたからでございましょう」

問うた本多政長に五木が答えた。

「お召しは先日終えた。お召しだけならば、余はとっくに国元へ向けて発っておらねばならぬはずじゃ。国家老の出府は幕府へのお届けが要り、用がすむなり帰国のお許しを願って去る。多少の物見遊山《ものみゆさん》も認められるが、それでも帰国の予定はお知らせしておかねばならぬ。余は帰国の目途《めど》さえ立っておらぬぞ」

「そのような……」

前例のないことに五木が口ごもった。

「なぜ余が江戸に滞留しておるのか。いや、しておれるのか」

本多政長が一度言葉をきった。

「上様のお声掛かりだからよ。上様がときどき登城して、話を聞かせよと仰せ下さったゆえに、余は江戸におられる」

「う、上様のお声掛かり……」

聞いていないと五木が蒼白になった。

「どうやらわかったようじゃの。そうじゃ、余を襲うというのは上様のお声掛かりを無にすることである。そうであろう」

「……まさに」

念を押された五木が震えながら首を縦に振った。

「上様のお言葉に逆らったとあれば、相応の報いを受けてしかるべきであろう」

「はい」

将軍への反抗は、たとえ御三家でさえ許されない。

五木が認めた。

「で、わたくしはなにをいたせば」

「須郷以外なら、誰でもよい。越前松平家の留守居役を呼び出せ。そして事情を教えてやれ」

すべきことを尋ねた五木に本多政長が答えた。

「よろしいのですか」

「かまわぬ」

驚いて確認する五木に本多政長が笑った。

「そのときに余は明後日上様にお目通りを願うとも付け加えよ」

「明日中にどうにかせよと」

「ふふっ」

顔色を窺った五木に、本多政長が答えずに笑った。

「……………」

ふたたび五木の表情が引きつった。

「で、では、わたくしはこれで」

用は終わったとばかりに、五木がそそくさと去っていった。

「本多さま、わたくしはなにを」

村井が問いかけた。

「横山どもはおとなしくいたしておるか」

「わたくしのところに参る報告ですと、大膳《だいぜん》さまのもとに横山長次《ながつぐ》さまは近づかれておりませぬ」

本多政長が問うたのは、先日、屋敷へ来て詫びの振りをした旗本横山長次の動静であった。

「大久保加賀守《おおくぼかがのかみ》の道具だとわかっていても従うしかないのだろうな」

横山長次は横山玄位の曾祖父長知《ながちか》の息子で、徳川家に五千石を与えられている旗本である。老中の指図があれば、それが本家の主家である前田でさえ、敵に回さなければならなかった。

「大膳から連絡は取っておらぬか」

ため息交じりに本多政長が訊いた。

「家臣を使われれば、どうなのかこちらにはわかりませぬ」

村井が首を横に振った。

家臣というのは、主君の使者としてでなく、個人としての用でも出歩く。そこまで見張り続けるのは難しいし、なにより両横山の家臣同士が、吉原だとか深川《ふかがわ》の茶屋など多くの出入りがある場所を密会の場にすれば、とても把握しきれなかった。

「そうか。ならば大膳を突くか」

「大膳さまを……」

横山玄位を刺激してみようと言った本多政長に、村井が目を細めた。

「あれでも横山長知どのが曾孫じゃ。加賀の前田家にとって恩人になる長知どのへの供養と思えば、子孫を鍛えるのも筆頭宿老としての役目であろう」

横山家初代長知は、前田利家《としいえ》の子利長《としなが》が徳川家康から謀叛を疑われたときに陳弁の役目を負い、みごとに果たしていた。

「はあ……」

村井が本多政長の言動に戸惑った。

「もし、これで大膳が長次に繋がりを持つようならば……長知どのには悪いが、大膳を当主からおろす。たしか大膳の弟が国元で別家していたはず」

本多政長は横山玄位を隠居させると宣した。

「さて、では行くか」

「お供を」

腰をあげた本多政長に数馬が付き従った。

「……………」

二人が去るのを村井はじっと座ったままで待った。

「本多と大久保の確執がなにから来ているかなどどうでもよい。加賀を巻きこまないでいただきたい」

村井が先ほどまで本多政長がいた上座をにらみつけた。

五

阪中玄太郎が駆けこんだのは、本多屋敷前を城を左に見ながら進み、蔵屋敷の前で左折、公事場《くじば》をこえた先にある長尚連《ちょうひさつら》の屋敷であった。

「永原《ながはら》さまのお長屋に通る」

門番にそう告げて阪中玄太郎が屋敷のなかへと消えた。

「長さまの……」

阪中玄太郎の後を付けてきた軒猿が苦い顔をした。

「歩き巫女《みこ》衆か」

長家は代々能登で勢力を張る国人領主であった。能登七人衆として守護畠山《はたけやま》家を支えていたが、上杉謙信の侵攻で城地を失った。その後織田信長《おだのぶなが》に仕え、前田利家の与力として配され、そのまま家臣となった。

ただ家臣となった経緯が、織田信長という前田家にとって主筋に当たる人物の指図であったことで、長氏は特別な扱いを受けてきた。

長氏の領地は、織田信長によって安堵されたものであったため、家臣となった後も前田家は手出しできなかった。

いわば長氏は徳川幕府における大名のような立場であった。前田家に忠誠を尽くすが、転封や減封など領地にかんしての口出しは拒否できる。

「家中に藩を抱えるは、面倒である」

藩主となった綱紀は、これを不満とした。

加賀の前田藩もご多分に漏れず、泰平になるにつれて藩財政が逼迫してきた。

一年のうち晴れる日よりも曇り、雨、雪が多いとされる加賀、能登は容易に冷害となる。百万石だとはいっているが、実高が遠く及ばない年もままあった。そこに二代将軍秀忠の娘珠姫《たまひめ》を迎えた婚礼や、四千人という大行列を仕立てての参勤交代の費用が負ぶさって、このままではにっちもさっちもいかなくなると見えていた。

「改革をする」

綱紀が家中にいろいろな改革を推し進めても、それは長家の領地には及ばない。

「なぜ、長だけが」

「前田への貢献は我ら尾張以来の家柄が優っているというのに、なぜ外様の長に気を遣われるか」

改革が厳しいものになるほど、家中の不満は大きくなる。

「従えぬ」

「家中一斉でなければ、納得できませせぬ」

やがて不満の矛先は綱紀へ向けられる。

「長を追い出せ」

あるいは、長家の排除に向かう。

どちらも家中の騒動になる。

「家中不行き届きにつき……」

そうなれば、待ってましたとばかりに幕府が前田家を咎める。

「浦野《うらの》孫《まご》右衛《え》門《もん》儀、不届きな振る舞いがあり……」

そこへ長家にお家騒動が起こった。

領地を預かっていた重臣浦野孫右衛門に隠し田の疑いが生まれた。隠し田は軍役にかかわるため、武家では重罪とされている。ときの長家当主連頼《つらより》は検地をおこなおうとしたが、それに浦野孫右衛門が抵抗、浦野孫右衛門が百姓を煽《あお》ったこともあり、一揆の様相を呈し始めた。

なぜかここで長連頼は、己でことを収めようとせず、前田家に下駄を預けてしまった。連頼の嫡男元連《もとつら》が、浦野孫右衛門方に付いたというのが原因だったのかも知れない。

「浦野孫右衛門一族は老若を問わず切腹、元連は廃嫡とする。領地になにかいたすときは、藩の許可を取れ」

これ幸いと綱紀は介入、領地で力を持っていた重臣一族を排除、前田家に反発を持っていた元連を継承から外し、長氏の領内へ介入することができるようにした。

「家督を……」

さらに長連頼が死に、嫡孫だった尚連が相続を願い出たとき、綱紀は好機と打って出た。

「領地を取りあげ、同額の禄を支給する」

綱紀は能登にあった長氏の領地を接収し、藩から禄を給する形に変えた。

「信長さまより拝領した地でございまする」

長氏家中の反発は当然でた。

「浦野のときに、潰してもよかったのだぞ」

だが、それを綱紀は脅して、押さえこんだ。

藩内の藩と言われていても、長氏はもう前田の家臣である。強く反発しては、それこそ潰されかねない。ましてや長連頼の跡を継いだ尚連は、ようやく十歳になったばかりと幼く、とても綱紀と対峙できなかった。

長氏はこうして独自の領地を失い、前田家に収入を握られた家臣となった。

とはいえ、これはつい先年のできごとでしかなく、長氏の家臣たちのなかの不満はまだ濃い。その能登には歩き巫女という女忍がいた。

歩き巫女というのは、神社のお札を全国へ売り歩き、布教をおこなう者であった。神社の札を売る以外にも春をひさいだりもした。女でしかも巫女となれば、それこそ国をこえても怪しまれないし、閨にも入りこめて睦言を聞くこともできる。少し気の利く戦国武将が、これに目を付けないはずもなく、女隠密とした。

戸隠《とがくし》神社の巫女を武田《たけだ》信玄《しんげん》の配下だった真田《さなだ》幸隆《ゆきたか》が使用したのが有名であり、能登にも氣多《けた》大社、白山《はくさん》神社など、歩き巫女を抱えていた社は多かった。

神社は巫女が得てきた情報を国人領主に渡す代わりに、その庇護を受ける。どちらも乱世を生き抜くために力を合わせてきた。徳川家康によって天下から騒乱が消えた後も、重ねて来た絆は続き、今でも能登の歩き巫女の一部は、前田家ではなく長家に従っていた。

「一対一ならば、負けはせぬが……」

数少ない流れ神官と言われる男もいるが、歩き巫女はその名の通り、ほとんどが女である。佐奈や夏のように女だからと侮れない者もいるが、身体の造りの関係から、女忍は、男忍に勝てない。ましてや、軍神と讃えられた戦国の猛将上杉謙信の手足となって、戦国の闇を切り開いていた軒猿は強い。たとえ囲まれたとしても、歩き巫女相手ならば、軒猿が勝つ。

しかし、それだけのまねをすればどうしても騒ぎになり、長氏を軒猿、すなわち本多家が見張っているとばれてしまう。

「今日のところは、阪中がここへ入ったということだけで、満足するべきだな」

もう一度軒猿が周囲を見回した。

「…………」

こちらに向けられた目がないことを確認した軒猿が、長屋敷に背を向けた。

「……舞《まい》」

「はい」

屋敷の塀のなかから、手鏡を使って外を見張っていた歩き巫女が顔を見合わせた。

「どこへ帰るか、見届けなさい」

「お任せを」

舞と呼ばれた女中姿の歩き巫女が、うなずいた。

「永原さまにお報せをいたさねば」

残った歩き巫女も動いた。

阪中玄太郎を迎えたのは、長氏の家臣で娘を元連の側室として出した永原主税孝政《ちからたかまさ》であった。

「どうした、血相を変えて」

娘を差し出した元連が騒動の責任を取って廃嫡されたとはいえ、娘の生んだ尚連が当主に就任したおかげで、永原主税の権力は一層強くなっている。

家老には就任していないが幼い当主の外祖父として、永原主税の発言力は増している。

平士とはいえ、前田家の直臣である阪中玄太郎に対して、永原主税は主君のような態度で接した。

「はっ、お忙しいところ、急なお目通りを願い、申しわけありませぬ」

阪中玄太郎も家臣のように低姿勢であった。

「さきほど、本多屋敷へ参りましたところ、早馬で大聖寺のほうへ駆けていく者を見ましてございまする」

「それがどうした。筆頭宿老ならば分家の大名とも遣り取りをして当然だろう」

永原主税がそれがどうしたといった反応をした。

「いえ、普通の早馬ならば、わたくしは気にいたしませぬ。その早馬を見送りに本多主殿が出ておりました」

「なんだとっ」

当主が留守の間は嫡男が、その代わりをする。つまり対外的には、当主として扱われるのだ。

「大聖寺の使者を本多主殿が……訊いたのだろうな、理由を」

「問いましたが、言えぬと」

阪中玄太郎が首を横に振った。

「なにをしておる。そなたの役目は本多主殿を籠絡することであろうが」

「同志として懐に入りはいたしましたが……」

叱られた阪中玄太郎が情けなさそうな顔をした。

「そなたにすべてを託すくらいでなければ、籠絡したとは言えぬ」

「ですが、父を隠居に追いこみ、己が家督相続をいたしました」

機嫌を悪くした永原主税に、阪中玄太郎が反論した。

「……それは」

永原主税は阪中玄太郎の功を否定できなかった。

「本多と大聖寺か……」

さらりと永原主税が話を戻した。

「…………」

阪中玄太郎が鼻白《はなじろ》んだ。

「どう思う」

「……前田家の世継ぎの話ではないかと」

不満を押し殺して阪中玄太郎が述べた。

「むうう。たしかにあるな」

永原主税が腕を組んだ。

「……願いがかなうかも知れぬ」

少し考えた永原主税が呟いた。

「大聖寺が本家を継ぐことを富山は見逃すか」

「見逃しますまい。ですが、先日前田の殿が国入りするときに、富山は刺客を出してしくじったと聞きまする」

阪中玄太郎が懸念を表した。

富山藩の国家老近藤主計《こんどうかずえ》は分家から本家へ戻り、かつて祖父が得ていた大名並の石高を取り戻すため富山藩主前田正甫《まさとし》を本家の当主とすべく、綱紀の命を狙った。

「あれは家老の暴走であろう。たしか、近藤主計は富山を出奔したはずだ」

永原主税が前田正甫の責任ではないと言った。

「大聖寺が跡継ぎになるとの動きが出ていると教えてやれば、富山が動く。分家二つが本家を狙って蠢くのだ。家中は騒動になろう。その隙を我らは利用する。どちらに趨勢が傾くかを見極め、そちらに恩を売る。さすれば、かつての領地を取り戻すこともできよう。どころか、五万石も夢ではない」

長家は本多家に次ぐ三万三千石を食んでいる。うまく次代に食いこめば、筆頭宿老と五万石に手が届く。

「吾が孫が五万石……」

永原主税が目を細めた。

「お話し中、畏れ入りまする」

そこへ歩き巫女が声をかけた。

「笛《しょう》か、どうした」

「阪中さまの後を付けて来た者がおりました。今、舞に探らせておりまする」

用件を尋ねた永原主税に、笛が答えた。

「……まさかっ」

「本多屋敷に寄ってきたと申したな」

驚いた阪中玄太郎に、永原主税が後を付けてきた者の正体を見抜いた。

「申しわけございませぬ」

阪中玄太郎が額を床に押しつけた。

「失点だな、阪中。それではとても歩き巫女を預けるわけにはいかぬ」

「…………」

冷たく言った永原主税に、阪中玄太郎が沈黙した。

「利を求めるならば、それだけの働きを見せてもらわねばならぬ。働きどころか、失点では、歩き巫女は従わぬぞ。のう、笛」

「はい。巫女は身も心も捧げて仕える者。ですが、それに値せぬお方には、一切従いませぬ」

同意を求められた笛が首肯した。

「ごめん、急ぎ手を打ちまする」

一礼して阪中玄太郎が慌ただしく去っていった。

「……ふん、女の色香に迷った男は遣えぬな」

「ご無礼ながら……阪中さまはまことに鼓《つづみ》を欲しておられるのでしょうや」

鼻で笑った永原主税に、笛が疑問を呈した。

「他になにがあると」

「惚れた女がいながら、あまり逢いたがるとか、文《ふみ》を出すだとかをなさいませぬ」

訊いた永原主税に、笛が首をかしげた。

「当家を訪れて、歩き巫女に手出しをするわけにはいくまい。外でならばまだしも」

「そのようなまねをされては、歩き巫女として主家たる長家をないがしろにしていると取り、決してそのお方に靡《なび》くことはございませぬ」

笛が断言した。

「……阪中が動くかも知れぬか。ふむ、見張っておけ」

「はい」

新たな命を笛が受けた。

第三章　女の援《たす》け

一

五木は常盤橋御門《ときわばしごもん》にある越前松平家上屋敷を訪れた。

「加賀藩前田家家中、留守居役の五木でござる。どなたか留守居役のお方にお通し願いたい」

「前田さまの留守居役……しばし、お待ちを」

門番が応じ、すぐに留守居役が出てきた。

「五木さまではございませぬか。いかがなされました」

「おおっ、杵築氏《きづきうじ》か……ちょうどよかった」

留守居役として三年後輩になる杵築の登場に、五木が安堵した。

「少し出られるか」

門前でする話ではないと五木が、杵築を誘った。

「先達のお言葉とあれば、喜んで」

杵築がうなずいた。

「御門外の茶屋でよろしいか」

「静かに話ができればいい」

杵築の伺いに五木が首肯した。

江戸城の御門を出たところには、葭簀《よしず》掛けの茶屋が出ていた。大名行列を見物に来る庶民や勤番侍を相手にする茶屋は腰掛けの台が一つか二つしかなく、出すものも味のしない茶か、水を混ぜた酒くらいであった。

「親爺、これで貸し切る」

懐から杵築が一分金を出した。

「どうぞ、お使いを」

茶店の親爺が喜んで受け取った。

「外から見えないようにしてくれ」

「へい」

葭簀を動かして、茶店の親爺がなかが見えないようにした。

「半刻《とき》（約一時間）ほど、出て来い」

杵築が親爺に手を振った。

「これでよろしいか」

「結構だ」

訊いた杵築に、五木が首を縦に振った。

「手短にすませたい」

「どうぞ」

早速用件に入ると言った五木に、杵築が表情を引き締めた。

「須郷という御仁がおられるの」

「はい。五木さまもご存じでございましょう」

確認した五木に、杵築が認めた。

「なんということをしてくれたのだ」

「一体、なんのことでございましょう」

頭を抱えた五木に、杵築がわけがわからないといった顔をした。

「おぬしも知っておろう、詫び状のことは」

言われた杵築が蒼白になった。

「須郷のいたしたこと、越前松平家の意向ととってよいのだな」

「お待ちを。須郷がなにをいたしたのかわからねば、ご返事のしようがございませぬ」

勝手に話を進める五木に杵築が戸惑った。

「聞いておらぬと言われるか」

わざとらしく五木がため息を吐いた。

「まったく……」

杵築が否定した。

「では、お話ししよう。須郷が当家の瀬能に、詫び状を黙って返せと申したのよ」

「詫び状を……断られたのでございましょう」

無事に須郷が詫び状を手に入れていたら、今ごろ留守居役肝煎か、用人あたりに出世している。それだけの手柄であった。

しかし、須郷はいまだに留守居役のままでいる。

「当たり前じゃ。先達だからといって、要求していいことには限度がある」


「……………」

五木がうなずいた。

「ならば、問題はございますまい」

杵築が首を左右に振った。

留守居役の先達、新参の差は大きい。先達の頼みを断るのは、無礼とされていた。

もちろん、須郷の要求も度をこしていたので、相殺であろうと杵築は言ったのだ。

「瀬能だけのときならばな。須郷が声をかけたとき、瀬能は本多安房さまと同行していたのだぞ」

「本多さまとっ」

杵築が驚愕した。

「まだそれはいい」

「……まだ」

恐る恐る杵築が、五木を見た。

「断られた腹いせに、須郷は本多さまと瀬能を襲ったのだ。吉原でな」

「まさか、そのようなまねをするはずは……」

「したから言っておる」

五木が苛立ちを見せた。

「しばしのご猶予を。こちらで調べ、まことであれば須郷に詫びを入れさせまする」

杵築が調査するまで待ってくれと求めた。

「わかっておらぬようじゃ。当家の本多は、上様のお召しで江戸に参っておる。その本多の命を狙ったのは、上様へのお手向かいであるぞ」

「ひいっ」

杵築が綱吉の名前に、悲鳴をあげた。

「明後日、本多さまは上様にお目通りを願う。そのとき、かの詫び状を持参するとのお言葉じゃ」

「明後日……それはあまりに、せめて五日……」

「決まったことだ」

日延べをと頼んだ杵築を五木が冷たく撥《は》ね除けた。

「そこをなんとか。今までのおつきあいに免じて、何卒《なにとぞ》、何卒」

杵築が必死ですがった。

「儂に本多さまを止めるだけの力はない。今までのつきあいがあればこそ、そなたを呼び出してまで伝えたのだ。黙っていてもよかったのだぞ」

「お許しくださいませ」

急いで杵築が頭を下げた。

「一つ、いえ、二つ借りとさせていただきますゆえ、なんとか明後日は……」

「無理じゃと申したわ。借りの二つや三つでどうにかできることか。神君家康公の謀臣として天下に尽くした本多佐渡守さまが御孫であり、御当代上様より江戸において、無聊《ぶりよう》を慰める話をせよとのご諚をあずかった本多安房さまを、吉原などという苦界で、しかも無頼を使って襲ったのだ。武士として、堪忍できぬゆえに尋常な勝負を挑んだというならば、まだ本多さまもお怒りではなかったろうが……」

「ああ……」

告げられた杵築が絶句した。

「急ぐべきであろう。もし、須郷を逃がすようなまねをいたしたならば、もう止められぬぞ。本多さまのお怒りが貴家に向かうことになる」

「ご、ごめんを」

警告された杵築が、走っていった。

「……やれ、落としどころはどこになさるおつもりか」

五木が嘆息した。

越前藩松平家の上屋敷へ駆け戻った杵築は、留守居役控えの間ではなく、御用部屋へ飛びこんだ。

「ご家老さま」

「なにをするか、きさま留守居役の杵築じゃな。ここは御用部屋ぞ。許しなき者が入ることは認められておらぬ」

泡を吹いている杵築に、江戸家老が怒った。

「お咎めは後で、いくらでも受けまする。一大事でござる」

「一大事など、軽々に使う言葉ではないぞ」

江戸家老が、杵築にあきれた。

「とりあえず、話せ」

「先ほど、加賀の留守居役どのから……」

促された杵築が述べた。

「…………」

「ご家老さま」

話を聞き終えても反応しない江戸家老に、杵築が怪訝な顔をした。

「……冗談ではないのだな」

江戸家老がようやく口を開いた。

「どうにかできぬのか」

「まずは、須郷を抑えて欲しいと言った江戸家老に、杵築が助言した。

加賀藩を抑えて欲しいと言った江戸家老に、杵築が助言した。

「であった。聞いていたな、須郷を捕らえるように横目付《よこめつけ》に伝えよ。決して逃がすなとな」

「はっ」

御用部屋に詰めている雑用係の御殿坊主が、小走りに走っていった。

「杵築、どうにかできぬのか」

「いろいろとお願いをいたしましたのですが……」

江戸家老の頼みに、杵築が力なく頭を垂れた。

「金では動かぬか」

「本多さまでございますぞ」

金で片を付けられないかと言った江戸家老に杵築があきれた。

「なんとかいたせ。そなた留守居役であろう」

江戸家老が杵築を責めた。

「無茶を仰せられますな。それをいたせと言われるなら、わたくしはお役を辞しまする」

杵築が拒否した。

「辞させぬ。そなたなればこそ、加賀が話を前もって知らせてくれたのだろう」

江戸家老が杵築を制した。

「ご家老さま。須郷を引き立てて参りましてございまする」

横目付が須郷を押さえつけながら、御用部屋前の廊下まで来た。

「入れ」

「おいっ」

横目付が江戸家老の許可を得て、御用部屋に須郷を引き据えた。

「どういうことでござる。ご家老さま」

両手を摑まれた須郷が、江戸家老に抗議した。

「…………」

「ご説明をいただきたい。いかに江戸家老さまとはいえ、納得いく理由がなければ、このままではすませませぬぞ」

黙って見つめる江戸家老に、須郷が憤った。

「さえずるな」

「へっ」

突き放すような江戸家老に、須郷が啞然とした。

「先ほど、加賀藩から報せが参った。そなた、とんでもないことをいたしてくれたの」

「……加賀から」

須郷が息を吞んだ。

「それは、加賀が当家を甘く見ましたので、少しばかり、注意をしてくれようと……」

「黙れ」

言いわけをする須郷を、江戸家老が制した。

「ご家老さま、ご説明を」

横目付が詳細を求めた。

「こやつが……」

江戸家老が語った。

「馬鹿な……」

「なんということを……」

横目付たちが絶句した。

「刀を取りあげ、縛りあげよ」

「はっ」

罪人として扱えとの命に横目付たちが応じた。

「止めよ、止めよ」

須郷が抵抗した。

「神妙にいたせ」

横目付が、抵抗する須郷の腹を拳で殴りつけた。

「ぐえええ」

呻《うめ》いた須郷が動きを止めた。

「閉じこめておけ」

江戸家老が、須郷を牢へ入れておけと告げた。

「本多さまにお目通りを願う」

江戸家老が腰を上げた。

「会われて、どうなさるおつもりでございますか」

「詫びる。お許しをいただくまで詫びる」

杵築にどうするのかと訊かれた江戸家老が答えた。

「お許しいただけましょうか。それなりの見返りが要りまする」

杵築が難しいと言った。

「そなたが申し出た見返りでは、だめであったのであろう。お詫びして、なにをいたせば詫び状をお返しいただけるのか、伺う」

江戸家老が述べた。

「供をいたせ」

立ちあがった江戸家老が、杵築に命じた。

二

本多政長は前田家の屋敷を出た。

「どちらへ」

数馬が問うた。

「品川《しながわ》で魚でも食おう」

「なにを仰せられますか」

遊びに行くと言った本多政長に、数馬が驚いた。

「松平家から、使者が参りましょう」

誘いをかけたのだ。反応があって当然である。

「来たからどうだというのだ」

「…………」

首をかしげた本多政長に、数馬が絶句した。

「来ていいと許したわけではないし、待っていると約束をしたわけでもない。儂がおらなければならぬ理由はなかろう」

平然と本多政長が言った。

「ですが、それでは松平家がどうすればいいか、わからぬのではございませぬか」

「どうするかはあちらの勝手であろう。それくらいできぬようでなんの家老か」

数馬の問いに、本多政長が笑った。

「若さま」

刑部が数馬に向かって首を横に振って見せた。

「大殿がそう決められたならば、誰の話も聞かれませぬ」

「よいのか」

助言した刑部に数馬が訊いた。

「とりあえず、お供をなさいませ」

「……わかった」

刑部の勧めに数馬がしぶしぶ首肯した。

「品川は久しぶりじゃ」

うれしそうに本多政長が足を運んだ。

本多政長が屋敷を出て、一刻（約二時間）ほどしたところで、越前松平家の江戸家老と杵築が加賀藩上屋敷前に着いた。

「都合を聞いて参りまする」

「そんな余裕はない」

不意の来訪は無礼にあたるが、今から先触れを出している余裕はないと江戸家老が首を横に振った。

「越前松平家江戸家老松平佐馬《さま》でござる。貴家にご滞留中の本多安房さまにお目通りをいただきたい」

表門前で松平佐馬と名乗った江戸家老が開門を要求した。

「お待ちあれ」

門番が駆け出していった。

「……まだか」

待たされた松平佐馬が苛立《いらだ》ちを露わにした。

「お待たせをいたしましてござる」

潜り門が開いて、門番足軽が出てきた。

「本多さまにお目にかかれましょうな」

「あいにく、本多は出かけておりまする」

「出かけている……そんなはずはない」

松平佐馬が否定した。

「いえ、まちがいなく出かけておりまする。先ほど奥へ入りましたのは、他の門から戻っておってはと、確認しに参っただけで……この門から一刻ほど前に出かけていきましてござる」

門番足軽が告げた。

「では、瀬能どのも」

念のためにと杵築が尋ねた。

「はい。一緒に出かけておりまする」

門番足軽が首を縦に振った。

「言うだけ言って、本人はおらぬなど……」

状況を理解した松平佐馬が震えた。

「御門番の衆。留守居役の五木どのは、おられましょうや」

後ろに控えていた杵築が、五木を呼び出した。

「五木でございますな。見て参りましょう」

越前松平家ともなると、軽くあしらうわけにはいかない。門番足軽がもう一度なかへと引っこんだ。

「どういうことぞ。話をしに来たら、相手がいないなど、子供の使いでもあるまいに」

二人きりになった松平佐馬が、杵築に文句を言った。

「知りませぬ。わたくしは」

杵築が反論した。

「留守居役を通じて、そなたに話を聞かせたのは、交渉次第では当家との和睦を受けいれるとの意志であろうが」

「普通はそうですが、相手はあの本多でございますぞ。世間一般の話が通るとは限りませぬ」

苦情をぶつけられても、わたしのせいではないと杵築が首を横に振った。

「どこへ行った。いつ帰って来る。儂も暇ではないのだぞ」

腹立たしさに松平佐馬が愚痴《ぐち》を言った。

「ご家老さま、お平らになされませ。見られておりまする」

壮年の江戸家老が路上でわめいているなど、藩の恥になる。杵築が松平佐馬を宥めた。

「……むっ」

「お待たせをいたしましてございまする」

松平佐馬が吾に返るのを見ていたかのように、門番足軽が潜り門から出てきた。

「お手数をお掛けしました。五木どのは」

さらっと松平佐馬の醜態などなかったように流し、杵築が問うた。

「あいにく五木は、お役目に出ており、本日は戻って参らぬとのことでございました」

「五木どのもお留守か」

門番足軽の返事に、杵築が肩を落とした。

「六郷でよろしければ、おりますが」

「おおっ、肝煎の六郷どのが」

気遣った門番足軽に、杵築が身を乗り出した。

「六郷どのといえば、加賀さまの留守居役をおまとめになられているお方。お目にかかれれば……」

「杵築っ」

面会を頼もうとしている杵築を、松平佐馬が制した。

「これ以上、事情を知る者を増やすつもりか」

「……いいえ。六郷どのは加賀藩の留守居役を取りまとめておられるお方でございまする。その御仁が、事情を知らぬはずはございませぬ」

「いや、ならぬ。知らぬ可能性もあるのだ。一人でも事情を知る者を増やすことは認められぬ」

松平佐馬は頑として認めなかった。

「……はい」

留守居役は人と会って、交渉をすることで、有利な状況を作り出す。逆にいえば、人に会わない限り、状況を打開できないのだ。

「お戻りになられたならば、わたくしがお目にかかりたいと申していたとお伝えいただきたい」

「承知いたしましてございまする。申し送りをいたしておきまする」

松平佐馬の願いを、門番足軽が引き受けた。

「帰るぞ」

「………………」

踵《きびす》を返した松平佐馬に杵築が無言で抵抗した。

「どうした」

付いて来ない杵築に、松平佐馬が気づいた。

「探しに参りたく存じまする」

「なんだと」

松平佐馬が足を止めた。

「聞きますれば、本多さまと瀬能どのは行動をともになされているとか。加賀藩の留守居役が宴席などで使う店は決まっておりまする。そこを確かめれば……」

「ふむ……なるほど、一理あるな」

杵築の申しぶんを松平佐馬が納得した。

「許す。ただし、見つけてもそなたが勝手に話をすることは禁じる。まずは藩邸へ報せよ。吾が出向く」

「わかりましてございまする」

松平佐馬の条件を杵築が呑んだ。

「では、手配りをして参りまする」

杵築が一度松平佐馬と別れた。


本多政長は数馬を連れて、品川へと足を進めていた。

「人が多いの」

高輪《たかなわ》の木戸を出た本多政長が、西へ向かう人の数が多いことに驚いていた。

「東海道《とうかいどう》を上る旅人にしては、身軽じゃの」

本多政長が怪訝そうな顔をした。

「日帰りで遊びに行く者どもでございまする」

品川へ遊びに行くと言ったのは、本多政長である。数馬は説明しながら、微妙な顔をした。

「これら全部がか」

思わず本多政長が足を止めた。

「いかがなさいました」

数馬が問うた。

「品川が江戸から近い遊び場だとは知っている。家督相続のご挨拶に江戸へ来たとき、品川でも遊んだからな。だが、あのころはこんなに人はいなかったぞ」

「吉原は高いので、民にはいささか厳しいかと」

驚く本多政長に、数馬が述べた。

「金は安くとも、品川へ行けば一日潰れるであろう。仕事を一日休めば、収入が確実に減るだろう」

本多政長がふたたび周囲を見た。

「……それだけ江戸は豊かになったということか」

すぐに本多政長が気づいた。

「金沢も裕福な者は増えた。武家以外ではな」

本多政長が苦笑した。

「それでも昼間から仕事を休んで、遊びに行ける者は少ない」

百万石の城下町は規模も大きい。江戸には及ばないが、まず大坂、名古屋《なごや》に次ぐだけの家数もある。

人が多くなれば、ものの消費も増える。それはものを扱う商業を活発にし、その影響はものを作る職人や、食料を生産する百姓、漁師にも及ぶ。

天草《あまくさ》の乱のように関係ない戦いもあったが、六十年ほど金沢は泰平が続いている。乱世を知らない世代も増えた。

ようやく、金沢の民は泰平を信じ始めた。

前田利家や利長が、茶や歌などを嗜《たしな》んでいたこともあり、金沢には早くから京《きょう》の文化が根付いていた。

染めもの、織物など、江戸、大坂、京にも劣らないものは多い。

生成《きな》りの麻を身につけていた者たちが、染めの絹ものを纏《まと》うようになってきてもいる。

それでも、まだ、金沢には昼から遊ぶという習慣はなかった。いや、それだけの余裕はまだない。

「江戸の凄さか。一日や二日、遊んだところで、明日の仕事はある。遊びは衣食住の次に来る。その遊びにこれだけの人が……」

「義父上……」

感心している本多政長に、数馬が声をかけた。

「おう、そうであった。もうよかろうよ」

本多政長が吾に返った。

「戻るぞ」

「はあ」

不意に踵を返した本多政長に、数馬が間抜けな声を漏らした。

「付いて来い。越前からの使者がどうするか見にいこうぞ」

本多政長が歩き出した。

「…………」

数馬が石動庫之介《いするぎくらのすけ》を見て、苦笑して見せた。

「お気になさらず。大殿さまでございますれば」

刑部が数馬にささやいた。

三

江戸へ戻った本多政長は、屋敷ではなく、吉原の大門を潜った。

「これは、本多さま」

すぐに番所から黒法被《はっぴ》姿の忘八《ぼうはち》が飛んできた。

「悪いな。遊びに来たわけではない。三浦屋に会いたい」

本多政長が忘八に告げた。

「へい。どうぞ、こちらへ」

忘八が三浦屋四郎右衛門のつごうを聞くことなく、本多政長たちを三浦屋へと案内した。

「忙しいだろうに、すまぬの」

茶室に通された本多政長が、三浦屋四郎右衛門に軽く頭を下げた。

「畏《おそ》れ多いことをなさってくださいますな」

三浦屋四郎右衛門が大きく手を振った。

「ついでに甘えるが、朝から飲み食いをしておらぬ。茶を先にもらってよいか」

「それはいけませせぬな」

本多政長の頼みに、三浦屋四郎右衛門が微笑んで、手を叩いた。

「お呼びで」

待っていたかのように襖が開き、忘八が顔を出した。

「皆様方に膳を。凝ったものではなく、すぐにできるものをね」

「承知いたしました」

三浦屋四郎右衛門の指示を受けた忘八が、下がった。

吉原は見世で煮炊きをしない。見世の者の食事は別だが、客に出すものはすべて吉原のなかにある仕出し屋から取った。

「……どうぞ」

「膳が参るまで、茶をお出しいたしましょう」

松籟《しょうらい》を奏でている炉に、三浦屋四郎右衛門が躙《にじ》り寄った。

「ちょうだいいたす」

差し出された茶碗を本多政長が一礼して受け取った。

「……ふうう、うまい」

喉が渇いていると言ったのだ。客商売の最たるものである吉原の楼主が気遣わないはずはない。薄めで緩く点てられた茶を一息に飲んだ本多政長が、舌鼓を打った。

「いやあ、作法などどうでもよいと思わせてくださるほど、本多さまの姿はお見事でございまする」

見ていた三浦屋四郎右衛門が、称賛した。

「茶なんぞ、好き勝手に飲めばいいものだろう。そう、父から教えられたわ」

照れくさそうに、本多政長が笑った。

本多政長の父本多政重《まさしげ》は、戦国武将らしい逸話は多い。そもそも徳川家に仕えていたのを出奔したのは、同僚との口喧嘩で相手を斬り殺したからである。

宇喜多秀家《ひでいえ》の家臣として参加した関ヶ原では、有利と図に乗り攻めてきた徳川方の将兵を、自慢の槍で突きまくり、その返り血で鎧《よろい》を赤く染めている。

しかし、こういった血《ち》腥《なまぐさ》い話とは逆に、風流にも造詣《ぞうけい》が深く、とくに茶の湯は好んだ。

「五万石より、その壺をいただきたい」

加賀の前田家の家老となった後、百万石という巨大な大名を怖れた徳川家によって、越中国を取りあげられそうになったのを防いだ本多政重は五万石という加増を断り、前田利常《としつね》が秘蔵していた壺を所望したほどであった。

その壺は五万石の壺と呼ばれ、今も加賀の本多家に伝えられていた。

「どうぞ、瀬能さまも」

続けて三浦屋四郎右衛門が数馬に茶を献じてくれた。

「遠慮なく」

数馬も茶を呷《あお》った。

「いけませぬな。肘が畳まれておりませぬ」

三浦屋四郎右衛門が、数馬を窘《たしな》めた。

「だな。背筋は伸びておるが、飲むことに気を持っていかれておる」

本多政長も数馬の姿にため息を吐いた。

「申しわけございませぬ」

数馬も茶は初めてではない。数馬の父と母は茶の湯を好んでおり、まだ十分働ける年齢でありながら、さっさと隠居したのは茶を楽しみたいからだと公言するほどである。

その両親に育てられた数馬は、一応の作法、しきたりを叩きこまれていた。

「不服そうじゃの」

本多政長が数馬を見つめた。

「一応はできるつもりでいたか」

「いえ、不調法《ぶちょうほう》でございますれば」

指摘された数馬が否定した。

「茶の湯というものはな、楽しむものじゃ」

「はい。作法に縛られては、茶もうまくございませぬ」

本多政長と三浦屋四郎右衛門がうなずきあった。

「一期《いちご》一会《いちえ》と茶の道は言われる。この機会を二度とないものだと覚悟し、真摯《しんし》に相手と向かい合えといった意味だがな、そんなもの、毎日であろう。今、このときは二度と戻って来ぬ。また、やり直すこともできぬ。ましてや、茶道が華開いた天正《てんしょう》のころ、天下は騒乱のなかにあった。朝、送り出した夫が、夕べに冷たくなって帰って来るなど当たり前だったのだ。だからこそ、わざわざ口にした。後悔をせぬよう、今を生きよとな」

「…………」

数馬は本多政長の教えを黙って聞いた。

「一期一会は、日ごろにある。ではなぜ、茶で今でもそれを言うか」

「……わかりませぬ」

問われた数馬が首を左右に振った。

「茶は心の余裕である。いや、そうでなければならぬ。茶を点てる、茶を喫する。どちらも心塞いでいては、苦みを感じるか、味がないかじゃ。それでは失礼であろう。

同席してくれた衆にも、使われた茶にも。一期一会、緊張をしろではなく、相手に不快を与えず、己が瞬間を楽しめと、注意を喚起しているのだと儂は思っている」

「本多さまの仰せられるとおりでございまする」

三浦屋四郎右衛門が同意した。

「遊郭というものを、瀬能さまはどのようにお考えでございましょう」

「……男が遊ぶところであろう」

訊かれた数馬が答えた。

「遊ぶところには違いございませぬが、少しばかり吉原の姿を見誤られておられるようでございますな」

三浦屋四郎右衛門が嘆息した。

「見誤る……」

「はい。男が女を抱きに来る。たしかにこれも吉原でございまする。なれど、これだけが吉原ではございませぬ。いえ、これは吉原が生きていくための術《すべ》でしかありませぬ」

首をかしげた数馬に、三浦屋四郎右衛門が述べた。

「なぜ神君家康公が、吉原を創設させたのか、その理由を考えてみよ」

本多政長が数馬を促した。

「家康さまが、吉原を認められた理由でございまするか」

数馬が戸惑った。

「吉原ができたときの事情は、前に話したであろう」

「伺いましてございまする。関ヶ原へ向かう家康さまを、西田屋の先祖が餞《はなむけ》の茶席を設けて、お見送りしたのが契機だと」

確認した本多政長に、数馬が告げた。

「うむ」

満足そうにうなずいて、本多政長が後ろへ下がった。

「後は頼む」

三浦屋四郎右衛門にそう告げて、本多政長が腰を上げた。

「行くぞ、刑部、石動」

本多政長が二人の従者を誘った。

「はい」

「ですが……」

すぐに刑部は了承し、石動は主を残していくことにためらいを見せた。

「ここほど安全なところはないぞ。江戸城御座の間におられる上様よりも、三浦屋のほうが、固い。のう、三浦屋。でなければ、大名が一人で遊びに来るはずはなかろう」

本多政長が笑った。

「はい。お任せをいただきますよう」

三浦屋四郎右衛門が引き受けると言った。

武家の手元不如意《ふにょい》を受けて、吉原で遊ぶ大名は減っている。かつて吉原がまだ大手門に近い日本橋葺屋町《ふきやちょう》にあったころは、下城の行列のまま大門へ付けた大名もいたというほどであった。

「儂らも遊ぶぞ。おい、酒と妓を頼む」

茶室を出た本多政長が、大声で忘八に要求した。

「……あいかわらずお元気でございますな」

三浦屋四郎右衛門が微笑んだ。

「老いて益々盛んである」

数馬も同意した。

「うらやましいかぎりでございますな」

「ああ」

二人がともに首を縦に振った。

「さて、お話を続けましょう」

三浦屋四郎右衛門が、表情を引き締めた。

「遊びというのは、どのような状況においても、心を浮き立たせ、そして遊び終わった後は気を穏やかにするものでなければなりませぬ。その点において、男が女を抱くというのも遊びでございまする」

「男は発散せねばならぬからの」

数馬が首肯した。

先月、数馬は琴と閨を一つにした。数馬は琴で女を知った。それまでは、旗本から加賀藩士へ移籍したという異色の家柄のためか、国元で目立ちすぎ、遊びに行くことも難しく、数馬はときどき下帯を汚していた。

「はい。ですが、それだけでは完成した遊びとは申せませぬ。男が女を抱く。それも金で買った女を。男はよろしいでしょう、己が欲望を吐き出し、事後は穏やかに心が凪《な》ぐわけでございますから。しかし、女はそうではございませぬ。吉原の遊女は気に入らなければ客を振ってもいいと言われておりますが、あれは自らの力で客を呼ぶことのできる太夫や、一分《いちぶ》など名のある遊女の話。見世の大広間で線香一本燃える間いくらで客の相手をする端《はし》たちには、許されませぬ」

「女は楽しくないと」

「楽しくないどころか、好きでもない男相手など苦行でございましょう。ですが、これは遊郭の定め。身体を売った以上、文句を言うことはできませぬ。ただ、股を開いて耐えるだけ。これを遊びと言えましょうか」

「相手も楽しまねば、遊びではないと」

「さすがでございますな」

三浦屋四郎右衛門が褒めた。

「留守居役という大切なお役目ゆえに、瀬能さまは楽しんではならぬとお考えではございませぬか」

「……そう思っている」

問われた数馬が認めた。

「たしかにお役目はお大事でございまする。留守居役さまのなかには、お役目を放り出して、己が楽しむことに専念されているお方もいらっしゃいますが……」

「…………」

思いあたる人物が多い。数馬が苦笑した。

「今、思い浮かべられたお方をよく思い出してくださいませ。宴席で楽しんでいる姿ではなく、その後のお役目の具合はいかがでございますか」

「……ふむ」

言われた数馬は考えた。

「うん……まさか、そんな」

「お役目を無事に果たしておられるお方が多いのではございませぬか」

数馬の様子を見ていた三浦屋四郎右衛門が尋ねた。

「たしかに、そうである」

数馬は驚いていた。

「ではもう一度一期一会をお考えくださいませ。この日は二度と来ないと思い、迎えたお客を喜ばせなければならぬと亭主が緊張していれば、楽しめますか。茶会が終わり、己が帰った後で、疲れたと頭をうなだれていると感じて、楽しめましょうか」

「……無理だな」

数馬が首を左右に振った。

「他人を楽しませるならば、己が楽しくなければいけませぬ。もちろん、限度はございますが」

今度は三浦屋四郎右衛門が苦笑した。

「ということでございますので……」

三浦屋四郎右衛門が立ちあがった。

「おう、長居をした」

帰れと促されたと思った数馬も腰を上げようとした。

「いけませぬ。今日はわたくしが任されておりまする」

「…………」

立つなと掌を伏せて、三浦屋四郎右衛門が数馬を宥めた。

「お入りなさい」

「あい」

数馬を留めながら、三浦屋四郎右衛門が声をかけ、それに応じて襖が開いた。

「聞いていたね。後はお願いしましたよ」

「お任せくんなまし」

三浦屋四郎右衛門と入れ替わりに、美しく着飾った遊女が茶室に入ってきた。

「瀬能数馬さま」

「そうだが、そなたは」

何度か役目の宴席で吉原へ来ている。何人かの遊女の顔は覚えているが、それが霞《かす》むほどの美しい女に、数馬は見覚えがなかった。

「高尾でありんす」

「………………」

しなを作って名乗った遊女に、数馬は絶句した。

高尾太夫は吉原でもっとも大きな見世である三浦屋の看板遊女であった。美貌はもちろん、茶道、華道、香道などに通じ、和歌にいたっては京の公家衆でさえ舌を巻くほどと言われている。当然、客の人気もすさまじく、江戸の豪商、大名などが、高尾太夫との逢瀬を求めて、日参していた。

そんな高尾太夫が、初見どころか、会いたいと口にしたこともない数馬の前で微笑んでいた。

「一つお湿《しめ》しなんし」

高尾太夫が盃を差し出した。

「よいのか。客が来ているのだろう」

「お気になさらず。待つのも楽しみでありんすえ」

気にした数馬へ、高尾太夫が平然と答えた。

「客だろう」

「いいえ。あちきとお客は、ただの男と女。常世ではどれだけお偉いかたでも、大門を潜ればただの男。俗世での権を振り回されるようなお方は、嫌でありんす」

驚いた数馬に、高尾太夫が言いきった。

「そういうものなのか」

「そんなしかめっ面はよしてくんなまし。一期一会、一緒に楽しみんしょう」

高尾太夫が首を横に振った。

「一期一会……か。ふむ」

数馬が盃を干した。

「お流れを」

「ああ」

少しだけ掌を見せた高尾太夫に、数馬が酒を注いだ。

四

留守居役の身分は家中でも上になる。

捕らえられた須郷は、上屋敷の空き長屋に閉じこめられていた。

「くそっ、加賀め。すなおに儂の言うことを聞いていれば……」

縄は解かれたが両刀を取りあげられ、逃げ出せないように見張られた須郷は、不満を露わにしていた。

「どうする」

須郷はやったことが大事になっていると、江戸家老松平佐馬から聞かされた。

このままでは、まちがいなく切腹させられる。

「本多が上様のお召しで江戸に残ったなど、知らぬわ」

須郷が吐き捨てた。

「儂は越前松平家の留守居役ぞ。いずれは中老、家老へと昇るのだ。その儂を罪人にするなど……」

わなわなと怒りで須郷が震えた。

「おのれ、おのれ、おのれ」

一人きりの座敷で、須郷が呪詛に塗《まみ》れた声を漏らした。

「このまま死んでたまるか」

須郷がきっと顔を上げた。

「どうせ、殺されるならば……」

須郷が無双窓《むそうまど》を開けた。

無双窓は、固定された木の桟《さん》の奥に、簀《す》の子のようになった板をあてがったもので、簀の子板をずらすことで、外が見えたり、見えなくなったりする。

普通の窓と違い、木の桟を外せないので、そこからの出入りは難しい。防犯にも役立つことから、藩邸の塀を壁として使っている長屋の窓は、そのほとんどが無双窓であった。

「見張りはない」

藩邸の塀に開いた穴のような無双窓から、外を見た須郷が呟いた。藩邸の塀に沿っている辻に、人影はなかった。

「……くっ」

無双窓の桟を揺すってみたが、塀に埋めこまれた桟はびくともしなかった。

「外せぬか……ならば」

須郷が桟を蹴飛ばした。

「よし、折れた」

桟が真ん中からへし折れた。

「ええいっ。ままよ」

長屋の出入りは横目付の配下下目付《したためつけ》たちに見張られている。今の振動を見逃してくれるはずはなく、すぐに飛びこんでくる。壊された無双窓が見つかれば、もう軟禁ではすまなくなる。今度は留守居役だったという配慮はなくなり、下士や足軽を入れる牢へ移されるのはまちがいなかった。

思いきって須郷が窓から飛んだ。

「あつっ」

日ごろ酒を飲んでばかりの留守居役には、わずか一間（約一・八メートル）ほどの高さでも厳しい。

辻へ落ちた須郷は、転ぶまいと支えた手首を痛めていた。

「これも加賀の若造のせいだ」

須郷はもう一度数馬を罵って、体勢を立て直すと走り出した。

「あそこだ」

「逃がすな」

その後ろから下目付たちの声がした。

「止まれ。止まれ」

後に続いて飛んだ下目付たちが、須郷に制止をかけるが、聞くようならば端から逃げ出したりはしない。

「もうじき常盤橋御門だ」

須郷は廓内から出るため、門を目指した。

「ふん、追いつけはすまい。お城の廓内で捕りもの騒ぎなど、藩の名前にかかわる」

後ろを振り向いた須郷が口の端をゆがめた。

たしかに下目付たちが後を付けて来てはいるが、声をあげての制止は止まっているし、走り寄ってこようともしていない。

廓内で騒動を起こせば、それがなんであれ、幕府目付の興味を引くことになる。

「家中のことでございますれば、お手だし無用に」

そう言えば、他家は見守るだけになるが、口を封じることはできない。

「越前家は、家中の騒動で逃げ出した家臣を追い詰めて……」

「主君がなさけないゆえ、家臣が逃げ出す」

たちまち江戸で松平左近衛権少将綱昌の悪口がはびこることになる。

「…………」

下目付たちは、廓内ではなく、門を出たところで須郷を押さえるつもりで、間合いを詰めていた。

「拙者越前藩留守居役を相務めておりまする須郷と申す者でございまする」

門を潜る直前、須郷は常盤橋御門に詰めている門番士に声をかけた。

「いかがなされた」

門番士が問うた。

江戸城の諸門は、書院番組《しょいんばん》と数万石ていどの譜代大名が警固している。須郷が声をかけたのは、諸藩の者であった。

「屋敷を出たところから、胡乱《うろん》な者に付けられておりまする」

ちらと須郷が下目付たちに目をやった。

「胡乱な者……おりまするな。あきらかにこちらを気にいたしておる」

門番士が下目付たちに気づいた。

「……足袋裸足《たびはだし》でござるな」

ふと門番士が、須郷の足下を見た。

「途中で脱げてしまいましたが、履き直している余裕もなく」

「なるほど。では、藩邸にお戻りになられるべきであろう」

「屋敷に引き連れて帰るなど、とんでもない。昨今の浪人騒ぎをごぞんじでございましょう」

門番士の疑問に須郷が首を左右に振った。

藩の窮乏とともに放逐《ほうちく》された浪人が増えてきている。

今まで禄をもらい、喰う苦労をしていない浪人たちは、いきなり無収入になったことに恐慌していた。

「なんとか、もう一度仕官を」

そう考えた浪人たちは、わずかな伝手《つて》を頼って、大名家を訪れて売りこんだが、どの藩もあらたに人を雇う余裕などない。

そのうち伝手もなくなり、見栄も気にしていられなくなると、どのような縁、それがまさに袖すり合うほどでさえ、利用して大名家へ取り入ろうとし始めていた。そして伝手を見つければ喰いついて放さなくなる。

「浪人か……それにしては身ぎれいだが、そうなれば面倒ごとになりますな」

かろうじて門番士が納得した。

「ご迷惑をお掛けしてはなりませぬゆえ、一応お報せのみ」

どうしてくれと言わず、須郷は門番士に一礼して、そのまま門を潜った。

「……なにを話している」

少し離れたところから下目付たちがその様子を見ていた。

「わからぬが、十分注意いたさねばなるまい」

下目付たちが緊張した。

「あっ、走った」

常盤橋御門を潜り終わった須郷が走り出した。

「逃げるぞ」

「追え」

逃げ出された瞬間、下目付たちの身体が役儀に反応した。

「待て」

追おうとした下目付たちを門番士が止めた。

「役儀中でござる。お止めあるな」

「不審があるゆえをもって問うておる。こちらも役目である」

手出しするなと告げた下目付に、門番士が反論した。

「突破するか」

「いや、それはまずい」

下目付たちが顔を見合わせた。

諸門の門番は、譜代大名の家臣であるが、その役目にある間は旗本と同じ扱いを受ける。藩士の非違を監察する下目付、それが将軍一門の越前松平の家中だとしても、陪臣でしかない。強行突破は、後で藩に強硬な抗議がいくことになる。

「説明する」

結局、下目付は須郷が罪人で、門を出たところで捕縛、罪人を廓内に戻すわけにはいかないので、城外の下屋敷へ幽閉するつもりであったと語る羽目になった。

「それは申しわけないことをした」

門番士が要らぬ手出しだったと詫びた。

「いえ、お役目でございますれば……」

下目付が気にするなと手を振った。

「しかし……」

門番士が外に目をやったが、すでに須郷の姿はなかった。

「では、これにて。行くぞ」

「おう」

見えなくなったからといって、すごすご帰るわけにはいかない。下目付たちが、常盤橋御門を出て、須郷を探した。

「……ははっ。ざまを見ろ。これこそ留守居役の機転じゃ」

走った須藤が、常盤橋御門が見えなくなったところで快哉《かいさい》を叫んだ。

「とはいえ、どこへいけば……」

ひとしきり笑った須郷が、一気に落ちこんだ。


本郷の加賀藩上屋敷から帰ってきた松平佐馬の機嫌は、さらに悪化した。

「須郷が逃げただだと」

「なんということを」

松平佐馬と手配をすませて戻っていた杵築が絶句した。

「申しわけございませぬ。閉じこめておりました長屋の窓を蹴破り、直接藩邸の外へ出まして、すぐに気づき、追いかけさせましたが……」

下目付たちを支配している横目付が平伏して詫びた。

「きさま、それがっ……」

怒りのあまり松平佐馬はまともに言葉が出ない状況であった。

「ご家老さま」

杵築が松平佐馬を宥めた。

「……ふう」

一度大きく息を吐いた松平佐馬が、なんとか落ち着きを取り戻した。

「なんとしても須郷を捕らえよ。抵抗したときは、討ち果たしてもかまわぬ」

「えっ」

「それは」

一呼吸置いた松平佐馬の口から出た言葉に、杵築と横目付は啞然とした。

「どうした。なにをしておる。きさまも行かぬか。江戸は広いのだぞ。一人でも多く手が要ろう」

呆然としている横目付を松平佐馬が叱りつけた。

「は、はい」

綱昌がいない間、江戸藩邸は松平佐馬の指揮下にある。問題があれば、国元へ問い合わせ、その返事が来るのを待つことになるが、それまでは指示に従わねばならなかった。

急いで横目付が出ていった。

「いくらなんでも、討ち……」

「なんだ」

諫《いさ》めようとした杵築を松平佐馬が睨みつけた。

「そもそも、おまえたち留守居役が愚かなまねをいたしたゆえ、このような羽目になったのであろうが」

「あれは須郷の」

「連座じゃ。もし、須郷が前田家からの話までに捕まえられずば、留守居役一同に責任を取らせる」

須郷個人のせいだと言いかけた杵築に、松平佐馬が冷たく告げた。

「そんな……」

「なにが先達のいうことは、主君に優るじゃ。そもそものありようがまちがっておる。武士はすべて主君のためにある。それをはき違えおって」

「長年の慣習でございまする」

「愚か者が。明文化されていないものなど、どのようにでもなるであろう」

「…………」

正論に杵築が黙った。

「恨めしそうに儂を見ている暇があったならば、そなたも行け。同じ留守居役であろう、須郷が立ち回りそうなところを当たってこい」

「……はい」

悄然《しょうぜん》と杵築が立ちあがった。


二刻《ふたとき》（約四時間）ほどで、数馬たちは吉原を出た。

「どうであった、天下の美姫は。柔らかかったか、肌は吸い付くようであったか」

本多政長が野次馬根性をむき出しに訊いて来た。

「義父上……娘を嫁がせた相手に、なにを期待なさっておられるので」

数馬がため息を吐いた。

「いや、儂では高尾太夫の相手はできぬのでな。幸運に恵まれたそなたに訊くのは当然であろう。あの高尾太夫だぞ。一夜で数十両はかかるという天下一高価な女だ。男として興味を持つのは、無理なかろう。のう、刑部、石動」

一人では不利だと感じたのか、本多政長が刑部と石動庫之介を巻きこもうとした。

「わたくしでも三浦屋の天井裏には入れませぬので、是非とも高尾太夫のことは伺いたいと思いまする」

刑部が本多政長の尻馬に乗った。

「とんでもないことでございまする」

固い石動庫之介が首を左右に振った。

「嫌だとは申しておらぬぞ」

本多政長がさらに笑った。

「義父上」

悪ふざけが過ぎると数馬があきれた。

「いや、叱られたわ」

剽《ひょう》げた本多政長が真顔になった。

「勉強になったか」

「……はい」

真剣な問いに、数馬も真面目な顔で応えた。

「一期一会というのは、留守居役だけが使うべきではない。執政も同じじゃ。政というのは、武家がおこなうものだ。いうまでもなく武家のことを考えている。とはいえ、国というものは、武家だけで成りたつものではない。百姓がおらねば、年貢は入らず、職人がおらねば、家は建たず、商人がおらねば金が動かぬ。他にも芸事を見せる者がいなければ、楽しみがなくなる。それでは国は成りたたぬ」

「つまり、政は武家がおこなうが、百姓、職人、商人たちも喜べるようなものにしなければならぬと」

本多政長の言いたいことを数馬は読み取った。

「わかったようじゃな。一度の逢瀬でそれを悟らせる。高尾太夫はさすがに一流である」

満足そうに本多政長がうなずいた。

「ところで、数馬は気づいたかの」

「なんのことでございましょう」

本多政長の確認に、数馬は怪訝な顔をした。

「ふむ。石動、そなたはどうじゃ」

「吉原の男どもが、我らに対して畏怖《いふ》の念を抱いていたように感じましてございまする」

尋ねられた石動が、答えた。

「さすがだの」

本多政長が石動庫之介を褒めた。

「畏怖の念でございまするか……」

数馬が首をかしげた。

「そうじゃ。よほど驚いたのだろうな、前回の始末を」

本多政長が述べた。

「前回の始末と仰せならば、あの男衆たちの襲撃」

「ああ」

問うような数馬に、本多政長が首を上下に振った。

「どういうことだ、庫之介」

数馬が石動庫之介に質問した。

「本人に言わせてやるな。武を誇るようになる」

本多政長が割って入った。

「よいか、あのとき、我らは倍する男衆に襲われた」

「はい」

「しかも吉原の男衆は、これ以上落ちていくところのない命知らずばかりだ。それをそなたと刑部、石動は怖れず、躊躇《ちゆうちよ》せず、討ち取った。まさに果断。今どきの武士に、あのようなまねなどできまい。たとえ、剣が遣えても吉原でのもめ事は武士にとって恥でしかないのだぞ。遊所で斬られて死んだときはもちろん、怪我をしたりしてみろ。家は取り潰し、その身は切腹じゃ」

武士は主君の馬前で死ぬことを誉れとし、以外は恥とされる。なかでも遊所など、本来足を踏み入れるだけでも、白い目で見られるところでの死など、末代までの恥であった。

「遣えるものでさえ、吉原で騒動があれば逃げる。逃げるぶんには恥にならぬ。なにせ、吉原でのことは一切外に漏れぬのだからな。卑怯未練《ひきようみれん》と誹《そし》られる心配はない。誰も見ていたぞと言えぬのだ。ようは逃げることが当たり前になっているのだ、吉原ではな」

本多政長が述べた。

「それをせず、果敢に応じただけでなく、一刀のもとに葬りさった。それに吉原はおののいたのよ。妓の機嫌を取るだけ、尻を丸出しにして腰を振るなどという情けない姿を毎日見せつけられ、心底で馬鹿にしていた武士が、これだけのことをしてのけた」

「それほどのことでございましょうか」

綱紀を将軍にさせてはならじと国元を出た前田直作《なおなり》の供をして以来、数馬は覚えきれないほど命を狙われてきた。

今、ここにいるということは、そのすべてに勝ってきたとの証拠であり、それだけの敵を葬ってきたのだ。

数馬にしてみれば、藩を妻を家族を己を守るためにしてきたことで、今更でしかなかった。

「相変わらずよな」

本多政長が苦笑した。

「だが、それは一人の武でしかない。戦では配下を率いて戦わねばならぬ。己以外にも気を遣い、そのうえで勝たねばならぬのだ。匹夫の勇など、この泰平の世には不要である」

ふたたび真顔に戻った本多政長が、じっと数馬を見つめた。

「刀を振るうだけが武ではない。いずれ、そなたには配下が与えられよう。そのときこそ、そなたの真の試練が訪れる。政は他人の命、人生も背負う。判断一つで何百、何千という人の一生を壊す。その恐怖を覚悟しておけ」

本多政長が重い声で言った。

第四章　裏の裏

一

留守居役に門限はない。そして江戸藩邸に、本多政長に文句を言える者はいない。吉原から数馬と本多政長が本郷の上屋敷に帰ったのは、すでに日が暮れて一刻ほどであった。

「留守居役瀬能でござる」

表門の潜り戸を数馬は叩いた。

脇門や裏門は日暮れとともに閉じられる。出入りは表門の潜り門でしかできなくなる。こうすることで、藩邸は門限破りを見張っていた。

「どうぞ」

すぐに潜り門が開かれた。

「本多安房さまもご一緒であられまするか」

最初に門を潜った数馬に、門番足軽が尋ねた。

「うむ。お帰りである」

筆頭宿老として藩邸の表門を開けさせる権を綱紀から与えられているが、さすがに深夜は遠慮しなければならない。

「儂に用か」

数馬に続いて潜り門を入ってきた本多政長が、訊いた。

「ご無礼をいたしました」

本人に聞こえるところで、その話をしたことを門番足軽が詫びた。

「かまわぬ。どこに参るとも残していかなかった余が悪い」

本多政長が気にするなと口にした。

「で何用かの」

刑部たち後続の邪魔にならないよう、数歩前へ出た本多政長が門番足軽に訊いた。

「越前松平家の松平佐馬さまとおっしゃるお方が、本多さまにお目にかかりたいとお見えになられました。お留守とお伝えいたしましたところ、お帰りになられたならば、会いたいと伝えて欲しいと」

「いつごろか」

「お午八《ひるや》つ（午後二時ごろ）を過ぎたあたりでございました」

時刻を問うた本多政長に門番足軽が告げた。

「思ったよりも早かったの」

「そうなのでございまするか」

同意を求められた数馬が首をかしげた。

「五木から越前松平家の留守居役に話がいき、そこから家老に伝わったとして、おそらく午ごろだろう」

「それはわかりまする」

朝に五木を呼び出して、話をしたのだ。その後すぐに五木が動いたとすれば、午前には、事情が越前松平家に届いていて不思議ではなかった。

「越前松平の留守居役は慌てただろうな。同役が儂を怒らせたのだからな」

加賀藩の家老職にすぎないとはいえ、本多家の名前は大きい。さすがに大名と同列には扱われないが、そのへんの家老とは格が違う。

しかも、今は綱吉の召喚で江戸にいる。その邪魔をするのは、綱吉の顔に泥を塗るに等しい。

「問題は家老よ。家老が留守居役の話を鵜呑《うの》みにするか」

「まずは本当かどうかを確かめる」

「普通は、そうするだろうな。伝聞、しかも相手から直接の苦情だ。人はなにかあったとき、己に有利となるように話をごまかすものだ。そのまま信じてしまって、謝罪などしては、後で事実と反していたとわかっても遅い。詫びたという事実だけが残る」

本多政長が続けた。

「迅速な謝罪は肝要である。失敗は糊塗をするのではなく、さっさと非を認めて謝るのが、もっとも被害は少ない。とはいえ、それは執政の選択として正しいとはいえぬ。執政は謝ることで生まれる利と損を考えて動かなければならない。謝ることが正しいとわかっていても、それによって藩が被る不利益が多ければ、頭を下げずに否定する、無視するという判断を執ることも要る」

「…………」

数馬は黙って聞いた。

「だが、どうするにしても真実がわかっていなければならぬ。どう言いわけしても、こちらが悪いとなれば、いつまでもかたくなに否定し続けているのはまずい。より相手を頑なにさせ、和睦が難しくなるだけだ。藩境を接しているだけではなく、主君が城中で隣り合って座るのだぞ。気詰まりでたまるまい。それに世間の興味も引く。もめ事はさっさと片付けるほうがいい」

「たしかに」

数馬も同意した。

「大名と大名のもめ事となると、落としどころが難しい。そのためにも正確な状況を知らなければならない。少なくともあの須郷とかいう留守居役を呼び出して、事情を訊いたはずだ」

「須郷はつごうの悪いことを隠しましょう」

誰でも家老に怒られたくない。須郷が己の有利になるように話したのは、まちがいないと数馬は考えていた。

「いかに同藩の者でも、その言うことを信じるようでは家老は務まらぬ。それも含めて、調べるはずだ」

「それにしては早いと」

数馬がようやく本多政長の疑念を理解した。

「須郷がさっさと吐いたのかも知れぬが……」

本多政長が思案に入った。

「大殿さま、ここでは迷惑でございまする」

刑部が、本多政長と数馬の遣り取りを止めるに止められず、少し離れたところで困惑している門番足軽を示した。

「うん……おおっ。すまぬ」

言われて気付いた本多政長が、門番足軽に謝意を示した。

「邪魔をした。参るぞ、数馬」

「はっ」

やはり話に集中していた数馬も、門番足軽に軽く頭を下げて、本多政長の後を追った。

「ここでいろいろ議論、思案をしても正解は出ぬ。他人の考えていることなど、わかるはずもない。すべては明日じゃ」

長屋に帰るなり、本多政長は風呂に入って、さっさと寝てしまった。

「なんともはや、中途半端だ」

数馬は苦笑した。

「お白湯《さゆ》をお持ちいたしました」

寝付けず自室で座っていた数馬のもとに、佐奈が近づいた。

「茶では眠れなくなりましょう」

「すまぬな」

佐奈の気遣いに、数馬が感謝した。

「…………」

「お疲れでございまするか」

白湯を口に含んだ数馬に、佐奈が話しかけた。

「身体は疲れておらぬのだがな。頭がついていかぬ」

「本多さまのお供は厳しゅうございます」

佐奈もうなずいた。

「留守居役というのは、楽なのだな」

「…………」

無言で佐奈が数馬を見つめた。

「留守居役はその場、その場での対応ができればいい。とりあえず引き分けに持ちこめば許される。しかし、執政は負けられぬ」

「それほどに執政は厳しいものでございますか」

佐奈も驚いた。

「百戦百勝でなければならぬ。百戦九十九勝一敗ではいかぬのだ。その一敗が藩を潰す。九十九勝など手柄にさえならぬ。できて当たり前」

大きく数馬がため息を吐いた。

「義兄上どのは、よく耐えておられるな。生まれたときから執政となることが決められておる。それも筆頭宿老だ。加賀百万石を背負って立たなければならぬなど、とても吾には……」

数馬が首を左右に振った。

「義父上は、吾を義兄上の補佐になさりたいようだ」

さすがにこれだけ教えられると気付く。数馬が留守居役を命じられたのは、そのための修業だったのだ。

留守居役をすることで、交渉を覚え、敗けないためにはどうすればいいかを学ぶ。留守居役は出発点でしかなかった。

「できると思われたからこそ、本多さまは殿を選ばれたのでございましょう」

佐奈が述べた。

「そうなのか」

数馬が首をかしげた。

「どこをどのようにご判断なされたのかは、わかりませぬ。ですが、本多の一族に名を連ねるにふさわしいと思われたからこそ、奥さまとのご婚姻を認められたのでございまする」

「琴との婚姻は、義父上のお考えだと」

「いいえ」

少しだけ顔を止めた数馬に、佐奈が首を大きく左右に振った。

「殿のもとへ嫁ぎたいと希望なされたのは奥方さまでございました。本多さまはそれをお認めになられただけ」

「……そうか」

数馬の眉間に浮いたしわが消えた。

「ご存じでございましょうが、本多家は加賀で臣下として並ぶ者のない家柄を誇っておりまする。それこそ本多さまが望まれれば、琴さまを藩主公のご継室としてさしあげることもできまする」

「琴ならば、務まりそうだな」

大名家には当主だけが入れる奥という女だけの場所がある。将軍家における大奥に比される奥は、形として正室を頂点としているが、そのじつは違う。当主の寵愛の深さ、嫡男を産んだかどうかなどで、実際の力関係は変わる。

もともと正室はそれなりの家柄で姫として育てられた者が多いだけに、あまり権力欲などはない。

形だけでも正室を立ててくれればいいが、端からいないものとして側室あたりが寵を競い出すと、奥は乱れる。

また、こういうとき男は役に立たない。なにせ、争っている女のどちらも愛《め》でているのだ。どちらにも嫌われたくない男は、女の争いを知らぬ振りをする。

奥の主たる正室は世間知らず、側室たちは争い、男は見て見ぬ振り。そうなったら奥は乱れる。そして奥の乱れは表に波及する。

「妾が産んだ若君を次の当主に」

「殿にわたくしのことをお話しいただきたく」

側室の望み、表役人の野望が絡み合って、お家騒動に発展することは多い。

「家中不行き届きである」

これを幕府から咎められて、減封、改易された大名は、それこそ枚挙に暇がない。

だが、琴ならば問題はなかった。

「身分をわきまえなさい」

「奥が表に口出しするなど論外。奥は殿のお心を安らげ、お血筋を産み育むのが役目、それ以外のことにかかわってはなりませぬ」

奥の乱れどころか、表の権力争いも収めるだけの能力はある。

「本多さまが願われれば、琴さまを奥へ入れることは叶いましょう。ですが、それをなさらず、本多さまは琴さまが望まれた殿への輿入れを認められたのでございまする」

「男として、そこまで見ていただいているというのはうれしいことだが、なぜ、吾なのかという疑問がな」

困惑を数馬は消せなかった。

「…………」

佐奈はそれに答えず、ただ微笑んだ。

「己で探せと言いたいのだな」

「…………」

ため息を吐いた数馬に、佐奈は微笑みを続けた。

「では、お休みなさいませ」

空になった湯飲みを持って、佐奈が離れていった。

「女というのは、どうしてこう、男の背中を押したがるものか。琴といい、高尾太夫といい、佐奈といい……」

一人になった数馬が呟いた。

二

翌朝、本多政長は越前松平家へ使者を出した。

「昨日は留守をいたしており、ご無礼をつかまつりましてございまする。本日は一日おりますので、ご都合よい刻限にお出で下されたし」

用件はわかっている。こちらが有利な状況なのだ。一度無駄足をさせたからといって、こちらから訪れる理由はなかった。

「申しわけございませぬが、本日都合がつきませず、明日にお願いをいたしたく」

松平佐馬の返答は日延べであった。

「ふん。無駄足をさせたことを使って、明日の足留めをする気か。儂に病いになれと

「……」

本多政長が小さく口の端をつり上げた。

明日、本多政長は江戸城へ登り、将軍綱吉と会う予定である。仮病を使ってそれを止めてくれと、松平佐馬が暗に求めていた。

「では、またの機会にと伝えてこい」

こちらに用はないと本多政長は、松平佐馬の願いを蹴飛ばした。

「…………」

なれ合うのが仕事のような留守居役では考えられない対応である。数馬は驚きで息を吞んだ。

「立場を思い知らさねばならぬ。それも策である」

啞然としている数馬に本多政長が告げた。

「心配するな。すぐに本日お邪魔をするという返事が来る。いや、本人がやって来るだろうよ」

「参りましょうか」

「来る。今日しかないのだ。使者での遣り取りなぞ時間の無駄。来なければ、執政たる価値なし。今後二度と相手はせぬ」

確認した数馬に、本多政長が自信を持って首を縦に振った。

「のんびり待つとしよう。どれ、儂は昼寝するぞ」

本多政長が、座敷にごろりと横になった。

「……………」

まったく緊張していない本多政長に数馬があきれた。

「客があれば呼び出してくれ」

すぐに寝息を立てた本多政長を残して、数馬は留守居役の控えの間へ顔を出すことにした。

「行ったの」

数馬がいなくなったのを確認して、本多政長がむくりと起きあがった。

「本多さま」

佐奈が冷たい目で本多政長を見た。

「やれ、もう殿とは呼んでくれぬのか」

もと佐奈は琴付の女軒猿で、本多家に属していた。それを琴が数馬の手助けにと、江戸へ送り出し、それ以来佐奈は、瀬能家の女中となっていた。

「わたくしの主は、瀬能の殿だけでございまする」

佐奈がきっぱりと拒んだ。

「ふふふ」

本多政長が楽しそうに笑った。

「石動といい、そなたといい、数馬は家臣に恵まれておるな」

「……………」

黙って佐奈が聞いた。

「後は、気後れをどうにかしなければならぬ」

真顔になった本多政長が述べた。

「己が手柄を堂々と言いつのれるようでなければ、いや、他人の手柄を横取りするくらいでなければ、とても政をこなしていくことは難しい」

「大殿さまは、若殿さまを家老になさるおつもりでございますか」

黙って娘佐奈と主君本多政長の遣り取りを見ていた刑部が口を出した。

「家老には届くまい」

本多政長が首を横に振った。

「惜しいが、瀬能の家柄ではな」

「徳川の旗本であったことでございまするか」

苦い顔をした本多政長に刑部が確認を求めた。

「ああ。それに禄も一千石だからの。どうやっても家老まではあげられまい」

本多政長が小さく首を左右に振った。

「本多さまも徳川の家臣でございましたが」

「父政重は、一応浪人であったからの」

本多家の出自は問題ないのかと尋ねた佐奈に、本多政長が答えた。

「それに……あやつは執政が務まるほど、情けがないわけではなく、欲もない」

素質が執政に向いていないと本多政長が告げた。

「いろいろと教えこんではおるが、いいところ組頭であろうな」

本多政長が嘆息した。

「表に立つ気がないと」

「それよ。どれだけこちらが後押ししても、あやつに執政になりたいという渇望がなければ、どうしようもない。だからといって、このまま埋もれさせてはもったいがなさ過ぎる。ゆえに儂は、数馬を主殿の補佐に付けたいと思っている」

本多政長が続けた。

「主殿には、比興表裏を含め執政たる者の心得を叩きこんである。ただ、主殿が動き回るには、本多は大きくなりすぎた。時代も変わった。儂が家督を継いだころは、まだ動きが取れた。一人で出かけることもできた。江戸へ参府した際は、吉原で遊べもした。だが、今は世間の目がうるさい。男だからといって遊郭へ通うのは怠惰、退廃として咎められる。なにかあったときでも、力尽くで片付けられた昔とは違う」

戦国はまさに力の世であった。強い者が弱い者を吸収する。大義名分など、力の前には芥子粒ほどの価値もない。なにせ、徳川家康は主君として仰いだ豊臣家を大坂に滅ぼしているのだ。これも徳川家康に天下を黙らせるだけの力があったからこそ、許された。その風潮は長く天下に根付いていた。

「しかし、それも終わった。乱世は消し去られた。天下を力尽くで奪った徳川家によって。天下人にとって、力こそ正義は都合が悪いからな。強ければ、徳川に代わって天下を取れるなどとな」

「さようでございまする」

刑部が首肯した。

「力でどうにかすることができなくなったわけではない。表があれば裏がある。されど、闇の効果は闇のなかでしか通用せぬ。日の当たるところで、相手に言うことを聞かせようと思うならば、交渉をするしかない」

「それで若殿を留守居役に」

刑部が納得した。

「交渉にもいくつかある。御三家だ百万石だという家格を利用した脅しに近い交渉から、話で、相手をだまくらかす詐術のようなものまでな。そのすべてを経験させるには、留守居役がもっとも早かろう」

本多政長がにやりと笑った。

「主殿が出られぬところを、主殿が足りぬところを、数馬が補う。さすれば、本多に穴はなくなる」

「まことに」

刑部が興奮した。

「佐奈」

「はい」

呼ばれた佐奈が応じた。

「あやつを頼むぞ。殺されても、籠絡されても困る」

「お任せくださいませ。わたくしのあるかぎり、殿のご無事は保証いたしまする」

本多政長の言葉に、佐奈がうなずいた。

表御殿留守居控えの間に顔を出した数馬を迎えたのは、疲れ切った表情の六郷と五木であった。

「なにか御用は……」

本多政長がいる間、その供をすることを優先せよと、留守居役の任から外された数馬だったが、別段辞めさせられたわけではない。なにより、先達が神で新参は奴婢とされる留守居役である。別の役目を与えられたのをいいことに、なにもしない日々を重ねれば、復帰したときにどのような目に遭うかも知れないのだ。

「ない」

雑用でもないかと訊いた数馬に、六郷が手を振った。

「それよりも、こちらへ座れ」

五木が数馬を呼んだ。

「……なんでございましょう」

その血走った目から用件はわかったが、こちらから言い出すのはまずい。数馬はとぼけた。

「そなたていどで、我らを謀《たばか》れるとでも思うたか」

「うぬぼれるな」

だが、しっかりと二人に見抜かれていた。

「…………」

数馬はうなだれながら、座った。

「松平左近衛権少将さまの詫び状とはなんだ」

いきなり六郷が核心に触れてきた。

「それは……他言できませぬ」

「ほう、何も話せぬが、越前松平家との遣り合いはせよと」

断った数馬に、五木が冷たい笑いを浮かべた。

「本多さまの了承を取ってくださいませ」

五木の言うとおりである。数馬は本多政長に責任を投げた。

「行って参りまする」

「頼む」

すっと五木が立ち上がり、六郷が中座を認めた。

「さて……」

六郷があらためて数馬を見た。

「越前松平家のご家老さまが来たことは知っておるな」

「昨夜戻りましたときに、伺いましてございまする」

確かめた六郷に、数馬がうなずいた。

「どうして五木に、使者のまねごとをさせておきながら、本多さまはお出かけになられたのだ。越前松平家からなんらかの反応があることくらいわかっておられただろうに」

「それこそ、本多さまに訊いていただきますよう。わたくしも驚いたのでございまする」

嘘でも偽りでもない。堂々と数馬はわからないと答えた。

「では、どこへ行っていた」

「品川へ行くとのことで、高輪まで参りましたが、そこで心変わりをしたと、吉原へ」

「遊びか」

「どのようになされていたか、あいにく同席いたしておりませんので」

問われた数馬が困惑した。

「一緒ではなかったのか」

「ともに三浦屋を訪ねましたが、そこで別室になりまして」

数馬が述べた。

「そなたはなにをしていた。まさか、女を抱いていたのではなかろうな」

六郷が怒りを見せた。

「いえ、三浦屋の主と話をいたしておりました」

これも嘘ではなかった。ただ、途中から話の相手が高尾太夫に代わっただけである。数馬はわざと高尾太夫のことを言わなかった。

数馬が高尾太夫を呼べるとわかれば、たちまち六郷や五木が、それを利用しようとするのはわかっている。それこそ、連日のように高尾太夫を使った接待を計画するに違いない。さすがにそれは三浦屋四郎右衛門への負担が大きい。なにより高尾太夫に無理をさせることになる。

「ふむ」

六郷が鼻を鳴らして、引いた。

本多政長が吉原で遊ぶのは問題ない。ただ、その供をしている数馬までが同じように浮かれるのを許せないだけなのだ。

「戻りましてございまする」

そこへ五木が帰ってきた。

「いかがであった」

「我ら二人にだけならば、よいと」

訊いた六郷に、五木が首を縦に振って見せた。

「そうか。一同、しばし遠慮せい」

興味津々とばかりに、聞き耳を立てていた他の留守居役を六郷が追い払った。

「我らも知っておくべきではございませぬか。事情を知らずにいては、困ることが出てくるかと」

五木に次ぐ古参の留守居役が抗弁した。

「ならば、そなたが直接本多さまに問うてこい」

六郷がうるさそうに手を振った。

「…………」

古参の留守居役が黙って控えの間を出ていった。

「どうするつもりだというのだ、あやつは」

「己の交渉の札として使うつもりでいたのではございませぬか」

腹立たしげな六郷に五木が口にした。

「あやつが、今相手しているのは……たしか、紀州《きしゅう》さまであったか」

「紀州さまはずいぶんとお手元不如意だと聞きまする」

「越前松平家はもともと六十七万石であったな」

六郷が眉間にしわを寄せた。

「国替えを狙っておられる」

「そういえば、ご嫡男と上様の姫君とのご縁組みが整ったと聞いた」

二人が数馬を放置して話し続けた。

「上様の義理の息子となれば、御三家筆頭の地位も不思議ではないの」

「越前一国六十七万石……尾張さまは六十一万九千石」

五木が息を呑んだ。

「秀康さま以来の領地と固執するだろう越前松平家の抵抗を押さえつけられれば、なり得ぬ話ではないの」

「大きな恩を売れますな。数馬の話次第では」

ようやく二人がもとの話に戻ってきた。

「さあ、話せ」

六郷が数馬を促した。

三

数馬の話を聞かされた六郷と五木は、そろって難しい顔をした。

「むうう」

「これは……」

六郷がうなり、五木が戸惑った。

「お家騒動にしても、面倒すぎる」

大きく六郷がため息を吐いた。

「手出しはしたくないの。飛び火で火傷《やけど》しそうじゃ」

「ですが、よくぞしてのけたことでございまする」

身震いする六郷に五木が述べた。

「それはそうじゃな。一つまちがえれば、越前の騒動に当家も巻きこまれていた」

六郷が認めた。

「越前松平家が必死になるのもわかるな」

藩主の詫び状なぞ、家臣にとって悪夢でしかなかった。

「明日、本多さまは上様へお目通りなさるのだな」

「そのように聞いておりまする」

六郷の確認に、数馬がうなずいた。

「猶予は今日だけか」

「来ますな。我らにも誘いが」

留守居役に貸しを作れれば、詫び状を取り返すことはできなくとも、明日の目通りを遅らせるくらいはできる。

そして越前松平家の頼みとあれば、加賀藩の留守居役をはめる手助けをする大名家や役人はいる。

越前松平家の誘いではないと安心して、接待を受けたら、罠があったとなりかねなかった。

「禁足を命じるか」

「それはよろしくありますまい。すでに約束のある者もおりまする」

留守居役は外交を担う。外交は基本として、最低限の決まりを守ることから始まる。行きますといっておいて、土壇場で逃げるのは、最悪の結果を生むことになる。

六郷の提案を五木が否定した。

「越前松平家の名前が出ても、知らぬ振りをせよ、聞こえぬ振りをいたせと徹底するしかないか」

大きく六郷がため息を吐いた。

「まったく……」

六郷がなんともいえない目つきで、数馬を見つめた。

「瀬能が来てから、心安まる日がないわ」

「まことに」

六郷と五木が、二人そろって愚痴をこぼした。

「なれど、それが藩のためになっている。ゆえに留守居役から外してくれと、執政衆に頼むこともできぬ」

「でございますな。昨今、当家の気遣いは濃くなっておりまする」

ため息交じりに言う六郷に、五木が同意した。

「はあ」

けなされているのか、ほめられているのか、わからない数馬は曖昧《あいまい》な返答をするしかできなかった。

「なにか用はないかと申したの」

「はい」

問うた六郷に、数馬が首肯した。

「瀬能、本多安房さまの接待に専念いたせ。本多さまが国元へ帰られるまで、留守居役控えに出仕するに及ばず」

「……はっ」

上司の指図に、逆らうわけにはいかない。数馬が一瞬の間をおいて承諾した。


帰宅した数馬を、本多政長が笑いながら迎えた。

「邪魔だと言われたろう」

「…………」

数馬は黙った。

「留守居役どもも手一杯だからな。殿の継室問題はまだ終わっておらぬし……」

正室会津《あいづ》藩主保科正之の姫摩須姫が死去して以降、綱紀は継室を迎えようとはしていなかった。

継室は最初の正室よりも垣根が低くなる。加賀百万石と釣り合わない家柄でも、継室を送りこむことはできる。天下最大の大名と縁戚になって、その援助を受けたいと望む大名や公家は多い。

綱紀が国元へ戻ったおかげで、少し下火になったとはいえ、いまだ綱紀の継室に当家の姫をという話は途切れていなかった。

「……堀田どのとの和睦はなっても、上様と将軍位を争ったという過去はくすぶっている」

五代将軍候補という話は、綱紀にしてみれば、いい迷惑であった。

「百万石でも面倒見切れぬのに、天下なんぞ無理よ」

端から綱紀は将軍になりたいとは思っていなかった。

結局は老中堀田備中守正俊の活躍で、綱吉は五代将軍の座に就けたが、排除されかかった恨みは消えていなかった。

継室、将軍からの敵視。

どちらか一つだけでも、加賀藩前田家の留守居役は手一杯になる。それが二つもある。そこへ、将軍一門の松平左近衛権少将の詫び状まで加わったのだ。

留守居役たちは多忙を極め、肝煎の六郷、肝煎補佐の五木、二人の苦労は筆舌に尽くしがたい。

これ以上面倒ごとを連れてくるなと、数馬を追いやったのも無理のないことであった。

「はあ」

本多政長から指摘された数馬が情けない顔をした。

「気にするな。なにをやっても裏目に出るという時期は、かならずある。人の一生の間にはな。そんな日々もいつかは終わる。生きている間に終わるか、死んで終わらせられるのかはわからぬがな」

慰めになるとは言いがたい言葉を本多政長がかけた。

「…………」

「瀬能さま、門番でございまする」

数馬が鼻白んだところに、門番足軽が訪れて来た。

「越前松平家ご家老の松平さま、留守居役杵築さまが、本多さまにお目にかかりたいとお見えでございまする」

「ほら、来ただろう」

門番足軽の取り次ぎを聞いた本多政長が、にやりと笑った。

「ここを使ってよいか」

いかに岳父であろうが、筆頭宿老であろうが、同僚の長屋を勝手に会見場所にすることは礼に反する。

「どうぞ」

数馬が認めた。

いや、問うてくれただけましで、実際は拒めない。公私にわたって、本多政長は数馬よりも上にある。

「石動、お客人を迎えに行ってくれ」

江戸の瀬能家に奉公人は石動庫之介と佐奈しかいない。女中を雇う金もない微禄だというならまだしも、武士は客の前に女を出さないのが慣例であった。

「承知いたしましてございまする」

玄関脇の小部屋で待機していた石動庫之介が、一礼して出ていった。

「さて、どのような条件を出してくるかの」

本多政長が楽しそうな顔をした。

「条件次第では、詫び状をお返しに」

「返すわけなかろうが」

一応訊いた数馬に、本多政長が笑いを消した。

「どのような理由があろうとも、吾が娘を手籠めにしようとしたうえ、娘婿の命を狙ってくれたのだぞ。一万両を積まれても納得はせぬ」

本多政長が宣した。

「それはありがたいことでございまするが、ではなぜ、越前松平家のご家中方とお会いになるので」

結果が決まっているならば、会って話をする意味はないだろうと、数馬が尋ねた。

「ちと教育してやろうと思っておるのよ」

「教育……松平家のご家老どのを」

もう一度冷たい笑いを浮かべた本多政長に、数馬が驚いた。

「家老というものの役目がわかっておらぬようだからの。隣藩の誼《よしみ》で、少しばかり導いてくれようとな。隣に馬鹿がいては迷惑であろう。これも執政の役目じゃ」

本多政長が告げた。

「こちらでございまする」

「どうやら来たようじゃ」

石動庫之介の声が聞こえ、本多政長が氷のようだった表情を、穏やかなものに変えた。

「……………」

あまりの変化に、数馬が息を呑んだ。

「ご案内仕りましてございまする」

「ご苦労であった」

数馬が立ちあがって、玄関へと向かった。

「ようこそ、お出でくださいました。当家の主でございまする。どうぞ、本多がお待ちいたしておりまする」

玄関式台に立って、数馬が一礼した。

「越前松平家の江戸家老松平左馬でござる。これなるは留守居役の杵築」

「杵築でござる。お目にかかるのは初めてかと」

松平佐馬と杵築が挨拶を返した。

「はい。今後よしなにお願いをいたしまする。どうぞ」

もう一度礼をして、数馬が二人を客間へと案内した。

「本多政長でござる」

「本日は急なお願いにもかかわらず……」

客間で本多政長と松平佐馬が口上を交わし合った。

「どうぞ、お座りを」

本多政長が、松平佐馬に座敷の左側、己の正面を勧めた。

主家の格でいけば、越前松平家がうえになる。しかし、血筋と石高、そして筆頭宿老という立場で本多政長は松平佐馬を凌駕《りょうが》している。

また、こちらから招いた客ではないという意味もこめて、本多政長は松平佐馬に上座を許さなかった。

「……では、ごめん」

一瞬、上座を見た松平佐馬が、示されたところに腰を下ろした。

「数馬、そなたも座れ」

「はっ」

座敷の右側に腰を据えた本多政長の下《しも》に、数馬は座った。

「杵築、座らせていただけ」

松平佐馬が、杵築に数馬と対になる位置を示した。

「ご無礼を仕る」

杵築が座ることで、右に加賀藩前田家、左に越前藩松平家と対峙する形が整った。

「まずは、もう一度御礼を。ご多用のなか、お目通りをいただきましたこと、深く感謝いたしまする」

本来ならば将軍一門の江戸家老が、そこまで下手に出なくてもいい。しかし、本多政長は将軍綱吉から、話相手を務めよと命じられたお声がかりである。さらに祖父が本多佐渡守正信だということも加味しなければならない。

松平佐馬がていねいに感謝を示した。

「長屋におりましたゆえ、よろしゅうござった。何分にも金沢から出てきて参ったばかりで、江戸の文物《ぶんぶつ》が珍しく、出歩いてばかりでござってな」

暗に先触れもなく来た無礼を本多政長が咎めた。

「…………」

直接ではないが、本多政長の言いぶんに、杵築が気色ばんだ。

「幸いでございました」

杵築が口を開く前に、松平佐馬が述べた。

「茶をお持ちいたしましてございまする」

家士の身形になった刑部が、茶を用意した。

「さて、お話しを伺おう。お互い、世間話をするほど暇でも、親しくもござらぬのでな」

早速本多政長が仕掛けた。

「……ならば。本多どののお手元に、なにやら当家にかかわりある書状がござるとか」

藩主の詫び状とは言えない。松平佐馬が濁しながら問うた。

「貴家にかかわる書状でござるか。拙者は持ち合わせておりませぬな」

本多政長が否定した。

偽りではなかった。松平綱昌が書いた詫び状は、数馬あてであり、綱紀も結城外記が来たときに、それを認めている。

つまり詫び状は数馬の手にあり、本多政長のもとにはない。

「隠されるな。貴殿のもとにあると存じおりまする」

「ほう、儂の言が信用ならぬ、あるいは偽りだと言われるか」

責めた松平佐馬に、本多政長が口の端を吊り上げた。

「しかし、貴殿は明日、その書状を持って、江戸城へ行かれると、貴家の留守居役から聞きましてござる。のう、杵築」

「さようでございまする。貴家の留守居役の五木どのから、拙者が伺いましてございまする」

同意を求められた杵築が述べた。

「ほう、五木がそのようなことを。五木が、その書状とやらを、わたくしが絶えず所持しておると申しましたか。数馬、五木をこれへ」

「はっ」

「あ、いえ、絶えずとは……」

数馬が腰を上げかけた途端に、杵築の調子が弱くなった。

「…………」

「申しわけござらぬ。五木どのは明日書状を持って登城とだけ」

睨みつける本多政長に、杵築が詫びた。

「松平どのよ。そもそも、その書状とはなんでござろう。ただ、書状と言われても、山のようにござるぞ」

具体的に言えと本多政長が、松平佐馬に要求した。

「それは……」

松平佐馬が口ごもった。

「やれ、どのようなものかもわからぬのでは、話になりませぬな。無駄な話をするつもりはござらぬ。明日の登城の用意もござる。お帰りいただこう」

本多政長が会談を打ち切ると言った。

「よいのでござるか」

松平佐馬が、本多政長に脅すような目を向けた。

「当家は将軍家のご一門。なにより、加賀の前田家が謀叛を企んだときに、それを制するため、越前を預けられておりまする。当家から御上へ、加賀に謀叛の兆しありと報告しても……」

外様大名にとって、謀叛の疑いを掛けられるほど怖ろしいことはない。勇将加藤清《かとうきよ》正《まさ》の息子が肥後熊本《ひごくまもと》藩を潰されたのも、同じく豊臣恩顧の福島正則《ふくしままさのり》が安芸広島《あきひろしま》藩を改易されたのも、ともに謀叛を疑われたからであった。

「どうぞ」

あっさりと本多政長が流した。

「それで謀叛の証拠がでればよろしいがな。なければ、前田家を誣告《ぶこく》したことになる。その報いはしっかりと受けていただくことになりますぞ」

「証拠なぞ、不要。越前松平家がそう言えば、御上は……」

「そこまでの信頼が貴家にありますかの。備中守どののことをわたくしが知らぬとでも」

本多政長の言う備中守とは、老中首座の堀田備中守ではなく、越前松平家四代藩主松平越前守光通の長男直堅のことであった。

生まれが悪く越前藩五代藩主になれなかった備中守直堅は越前を出奔後、四代将軍家綱によって一万俵の大名として取り立てられていた。

「…………」

松平佐馬が黙った。

「備中守どのが逃げ出されたとき、家中で騒動がございましたな。たしか、あれは越前守さまが自害なされた後……そのお話を上様にお聞かせいたしましょう、明日にでも。当主が死したとき、嫡子がいなければお家断絶が幕府の定め。いかに末期養子《まつごようし》の禁が緩められていたとは申せ、なにもなしというわけにはいきますまい」

「脅されるか」

松平佐馬が憤った。

「わたくしは真実を口にしただけ。貴殿のように証もないことを御上にお伝えするのではない」

「うっ……」

言われて松平佐馬が詰まった。

「脅しをかけるような御仁を客にする気はない。出ていけ」

本多政長が声を荒立てた。

「わ、詫び状だ。殿の書いた詫び状」

松平佐馬が絞り出すように告げた。

四

数馬は本多政長に翻弄《ほんろう》される松平佐馬を見て、どこに話を落とすのかを考えていた。

「詫び状をどうしたいのだ」

完全に上からの態度で本多政長が松平佐馬に訊いた。

「返していただきたい」

「代償はなにか」

「……無礼を働いた当家留守居役須郷の追放」

「それはそちらの処分だろう。それとも須郷をこちらに引き渡してくれるというのか」

松平佐馬の条件を本多政長が鼻で笑った。

「…………」

留守居役というのは、藩の外交を担うだけに、他家に知られてはまずいお家の事情にも精通する。その留守居役を引き渡すなど、詫び状同様の危険であった。

「では、末代まで当家は加賀藩前田家を訴えぬ」

「話にならん。前田家は将軍家の忠実なる家臣である。その前田家が御上に知られて困るようなことはない」

あらたに松平佐馬が出した話を本多政長が一蹴した。

前田家にもいろいろと秘密はある。とくに近年発見された領内の金山は幕府に隠している。鉱山が出たといえば、かならず幕府が接収するからだ。前田家はひそかに金山を開発し、金細工や箔に加工して、上方で売り払い、藩政の助けとしていた。

他にも、飛驒《ひだ》との国境に近い五箇山《ごかやま》という山中の村で、前田家は鉄炮に使う硝石《しょうせき》を生産していた。

金と硝石、どちらも謀叛を疑われるに十分な秘密であった。

「ではなにを」

万策尽きたと前田佐馬が本多政長に条件を出してくれと要求した。

「藩主公の詫び状に釣り合うものなどあるわけない」

「それではっ」

「返すわけなかろう。見合うだけのものがないのだ。まさか、慈悲をもってなどとは言うまいな」

気色ばんだ松平佐馬に、本多政長が釘を刺した。

「藩が潰れる」

詫び状が将軍のもとに届く。その後に来るのはただ一つしかなかった。

「どういう事情でこのようなものを書いた」

綱吉からの詰問である。今は国元にいる綱昌だが、そうなると出府しなければならなくなる。

すでに江戸にも、綱昌の異常な状態は報されている。来年の春の参勤交代まで余裕があると思えばこそ、落ち着くだろうと様子を見ているが、呼び出されるとなれば猶予はなくなる。

「わああ」

厳しく言われた綱昌が将軍の前でなにかしでかしでもしたら、本人はもちろん、藩の命運もそこまでになる。

「国を預けるに値せず」

越前松平藩は改易、家臣たちは皆浪々の身になる。

泰平で武士の役割が変化しかかっているのだ。まず、新たな仕官先はない。家老職や留守居役のように、人との繋がりのある者は、まだどうにかなるかもしれないが、当然ながら従来同様の待遇は望むべくもなくなる。

「このような物、死んでも書くべきではなかったのだ。たとえ、あの場で斬り伏せられようとも、領国のことだ。いくらでも隠せただろう。病の届けを出し、世継ぎを選定、上様にお認めいただいた後で、死去と報告すれば、ご一門のことだ。目付の検死もなく、無事に越前藩は継承できただろう」

「殿に死ねと……」

松平佐馬が顔色を変えた。

「大名は武士の鑑《かがみ》でなければならぬ。卑怯未練と笑われるくらいならば、腹を切る。それくらいの覚悟がなくてどうする」

「殿はまだお若い」

「関係あるか。戦場《いくさば》で、敵が若いからといって見逃してくれるか。鉄炮の玉や弓の矢は、幼い者には当たらぬのか」

「…………」

本多政長の正論に、松平佐馬は反論できなかった。

「藩主になった以上、五歳も六十歳もかわりない。己の肩の上に、数千の藩士、数万の領民の命がのる。それをわからずして藩主になったのならば不幸であり、同時に支えるべき執政衆の責任でもある」

「うっ」

糾弾された松平佐馬が詰まった。

「杵築っ」

援護をと松平佐馬は杵築を見たが、蒼白で震えているだけであった。

「追い出せ、数馬」

もう話すことはないと、本多政長が数馬に命じた。

「杵築どの」

「あ、いや、それは……」

数馬に促された杵築が、慌てふためいた。

「今はお帰りあれ。お屋敷に帰って、考えをまとめられたほうがよろしいかと」

「屋敷に帰って……」

「これ以上は、わたくしでも止められませぬぞ」

まだ困惑している杵築に、数馬がちらと本多政長に目をやった。

「あ、ああ。さようでござる」

なにがさようなのかわからないが、一人で納得した杵築が、松平佐馬の羽織を引いた。

「ご家老、ここは一度屋敷に帰って……」

「しかし、このままでは」

「この顚末《てんまつ》も明日、貴殿の名前とともに上様へお報せしようか」

「お邪魔をいたした」

本多政長の一言で、渋っていた松平佐馬が急いで立ちあがった。

綱吉に名前を告げられては、松平佐馬の首が危なくなる。

そそくさと二人が逃げ帰っていった。

「まちがいなく、屋敷を出られましてございまする」

門まで見送った石動庫之介が戻って来て告げた。

「ふうう」

それを聞いて、数馬がため息を漏らした。

「情けない奴め」

本多政長がそれを見て、嘆いた。

「いささか、やり過ぎではございませぬか」

将軍綱吉を脅しの道具として使ったことに、数馬が懸念を表した。

「どうやら、甘く見ているようなのでな。目を覚ましてやったのよ」

「目が覚める前に、気を失いそうでしたが」

胸を張る本多政長に、数馬があきれた。

「ところで、なにも決まりませなんだが、よろしかったので」

数馬が疑問を口にした。

「決める決めないは、あちらの判断だからの」

こちらから条件を出す気はなかったと本多政長が述べた。

「…………」

「わからぬか。こちらからなになにを差し出せと言えば、こちらの要求に応じたという形になる。つまり、詫び状交換の主体がこちらになってしまう。越前藩松平家側から言えば、加賀藩前田家にそう言われたので仕方なくという意識が生まれる。それでは、こちらが脅したという雰囲気ができてしまうだろう。向こうから、これでなにとぞと頼みこませなければならぬ。あくまでも我らは被害を受けた側、越前藩松平家のお家騒動に巻きこまれた側であるとの立場を貫かねばならぬ」

本多政長が数馬に教えた。

「はあ」

「向こうがここまで言うので仕方なくという形でなければ、和睦はならぬ」

中途半端な返事をした数馬に、本多政長が釘を刺した。

「ではあれでよろしかったのでございますか」

話は本多政長が潰した。和睦はならなかったが、それでいいのかと数馬が尋ねた。

「よかったかどうかを判断するのも、我らではない。向こうよ」

あくまでも他人事だと本多政長が口にした。

「どうしてくるとお考えでしょうや」

数馬が越前藩松平家の対応を問うた。

「そうよな。悪手《あくしゅ》は御上に願い出て、儂の登城を止める」

「なるほど。それができれば、とりあえずの危機は避けられますな」

永久に本多政長の登城を止め続けることはできないが、あらたに綱吉の都合とすりあわせなければならなくなる。少なくとも数日は稼げた。

「阿呆《あほう》、できるわけなかろうが」

本多政長が納得した数馬を叱った。

「儂は直接上様とお話しをする。これは上様から命じられたことだ。それを一門衆とはいえ、妨げるなど許されるものか。そのようなことを願ってみろ、なぜ越前藩松平家が儂の登城を嫌がるのか、上様の興味を引く」

「むうう」

綱吉の苛烈さは、大老酒井雅楽頭忠清への仕打ち、ひっくり返された越後騒動でもわかっている。

名門譜代であろうが、徳川の一門であろうが、綱吉は遠慮しない。

本多政長の登城を邪魔することは、まさに藪を突いて蛇、いや、大蛇を出すになりかねなかった。

「上策は、老中、大目付などの要路に金を撒き、越前藩松平家への処遇が少しでもましになるように、手を回しておく」

「最初から咎めを受ける前提……」

数馬が驚愕した。

「避けられないならば、少しでも被害を少なくするべきだろう。火事を見ればよくわかる。延焼を防ぐために、火元近くの家を破壊するのがそれだ」

「犠牲を前提でございますか」

「改易されるより、半知でも残す。これも執政の仕事だ」

見捨てられる者はたまらないと言外に含めた数馬に、本多政長が告げた。

「これ以上の策もある。最上策は、左近衛権少将さまを押しこめ隠居させることだ」

「押しこめ隠居……」

聞いた数馬が絶句した。

押しこめ隠居とは、主君が横暴、あるいは無能で藩政に悪影響を及ぼしているときに取られるものだ。

重臣たちが集まって協議し、当主の反省、更生が望めず、これ以上の放置は藩の命運にかかわると判断されたとき、無理矢理藩主を座敷牢に閉じこめ、隠居させる。

一つまちがうと謀叛に繋がりかねない行為でもあるが、ままおこなわれた。

当たり前のことだが、忠義を根本とする幕府では表向き認められてはいないが、表沙汰にならない限り、口出しはしない。

もちろん、藩士たちの恣意によるものの場合は許されず、苛烈な咎めを受ける。お家騒動として大名家は改易、押しこめ隠居にかかわった藩士たちは斬首、一族も連座を受けて、男子は切腹、女子供は流罪に処せられた。

「詫び状を見られた上様から、左近衛権少将さま召喚の命が出る。それまでに病届けを出す。どれほど上様が厳しいお方でも、国元で病に倒れている者を江戸へ無理矢理呼ばれることはなさらぬ。治り次第、出府いたせとなるだろう。そうやって日数《ひかず》を稼ぎ、その間に世継ぎを選んで届け出る。幕府が世継ぎ届けを受け付けてくれたならば、左近衛権少将さまの病好転せず、ご奉公かなわずをもって隠居、世継ぎへの家督相続を求める。後は……」

最後を本多政長は口にしなかった。

「………」

その意味がわからないほど、数馬は世間知らずではなかった。

数馬も黙った。

「こうすれば越前藩松平家に傷は付かぬ。詫び状があるといったところで、本人の弁明なく、一門を咎めるのは難しいからな」

本多政長が述べた。

「そして最悪手が……」

「最悪手……」

数馬が本多政長の言葉に息を呑んだ。

「明日、我らが登城できないようにすることだ」

本多政長が冷たい声で告げた。

松平佐馬はまだ怒りを収められていなかった。

「無駄足だと。この儂がなんの成果もなく帰らされるなど。子供の使いより酷《ひど》いわ」

「ご家老さま」

憤懣《ふんまん》やるかたないといった松平佐馬を杵築が宥めた。

「うるさい。このまま泣き寝入りをしろというか」

松平佐馬が杵築を怒鳴った。

「なにより、このままでは当家が傷を受けるのだぞ。殿の詫び状を上様がご覧になったならば、かならずや当家をお咎めになる。よくて殿の御隠居、減知も避けられまい」

「減知……」

「そうなったら、真っ先に留守居役どもを放逐してくれるわ。まったく、役にも立たないくせに、金ばかり遣いおって」

「……あまりでございまする。少なくともわたくしは、本多さまが殿の詫び状を持って、上様にお目通りを求められるという話を探り出して参りました」

「向こうから声をかけてもらっただけだろうが」

功績を言い立てる杵築を、松平佐馬が醒《さ》めた目で見た。

「違いまする。わたくしであればこそ、加賀藩の留守居役は話をしてくれたのでございまする」

杵築は必死に己の価値を口にした。

「たとえそうであったとしても、結果がともなわねば同じだ」

松平佐馬が否定した。

「結果はご家老さまが……」

本多政長との交渉をしくじったのは、そちらだろうと杵築が反論した。

「あの場でなんの交渉もせぬ留守居役など、無用の長物でもないわ。出ていけ」

「お待ちを」

手を振った松平佐馬に、杵築が喰い付いた。

江戸家老は、藩主が国元にある間、江戸屋敷の人事も握る。ここで杵築が言われたとおりに下がれば、続くのはお役ご免、謹慎という処分になる。ここで頑張らないと、杵築の未来はなくなった。

「なんじゃ」

「交渉とは、口でするものだけではございませぬ」

機嫌が悪いという声で訊く松平佐馬に、杵築が話を持ちかけた。

「口だけではない……力に訴える気か」

すぐに松平佐馬が理解した。

「そのようなまねをして、当家の仕業《しわざ》だとばれたとき、どうなると思う。本多の怒りを買うことになるのだぞ」

松平佐馬がとんでもないと拒んだ。

「当家がいたすのではございませぬ。加賀の留守居役瀬能のおかげで、当家を放逐される羽目に陥った須郷の報復でございまする」

「須郷の……」

杵築の案に、松平佐馬が思案に入った。

「すでにつきあいのある大名家へ、須郷を放逐したという報せは出してございまする」

留守居役は他家との交流が深い。いや、その大名家の顔として知られている。それだけに役目を離れたのであれば、できるだけ早く周知徹底しなければならない。辞めたくせに辞めていない顔で、接待を受けたり、支払いを藩に付けて遊んだりしては、大事になる。

「……そうか。須郷はもう当家の家中ではないと」

松平佐馬が腕を組んだ。

「はい。須郷がなにをしでかしても、当家にはかかわりございませぬ」

なにかしくじってから、当家とかかわりございませぬというより、世間を信用させることができる。

「ふむ」

松平佐馬がじっと杵築の顔を見つめた。

「伝手はあるのか」

「留守居役の仕事は、きれいごとだけではすみませぬので」

問うた松平佐馬に、杵築が声を低くした。

「決して、家の名前は出ぬな」

「もちろんでございまする」

松平佐馬の念押しに、杵築が保証した。

「詫び状だけを奪えるか」

「……本多や瀬能に傷を付けるなと」

杵築が敬称を取った。

「そうじゃ。怪我をさせねば、さほどの大事にもなるまい。それに詫び状など、表沙汰にできるものではない。奪われましたと目付に届けるわけにもいくまい。なにより、武家が無頼や盗賊に襲われましたとは、名にかけて言えまい」

武士は強い者である。その武士が盗賊や無頼に負けたというのは、恥になる。場合によっては、進退伺いを出さなければならなくなった。

「なるほど」

「なにより本多を傷つけるのはまずい。それこそ、加賀藩を敵に回すことになる」

「あの留守居役は……よろしいでしょう」

杵築が数馬を殺しても問題ないだろうと言った。

「いや、ならぬ。聞いたであろう。あの留守居役は本多の娘婿だぞ。本多を生かして、留守居役を殺したならば……」

「本多を怒らせる」

「そうじゃ。本多を本気にさせるのはまずい」

確認した杵築に、松平佐馬がうなずいた。

「本多と瀬能を傷つけず、詫び状だけを奪う……」

「できるのか」

「やりまする」

やらなければ、立場はなくなる。

杵築が唇を強く結んだ。

第五章　投げられた石

一

将軍の私的目通りは、おおむね執務のない午《ひる》からになる。それも家の格、所要の重要度などでいつごろになるかが決まった。

「そろそろ出るか」

本多政長が屋敷から呼んだ行列の到着を報されて、うなずいた。

「お供を」

数馬も長屋を出た。

「しゅったああつう」

供頭が声をあげた。

五万石とはいえ、陪臣であり、江戸では遠慮しなければならない。行列といったところで侍五人、草履《ぞうり》取り一人、挟み箱持ち一人、六尺四人と少ない。譜代大名ならば一万石でも、この倍はいる。

「来ましょうか」

駕籠《かご》脇の侍に扮した数馬が訊いた。

「さての。この行列を襲うとなると、十人では足りぬ。二十人は用意せねばなるまい。それだけの数を一日で手配できるか」

本多政長が駕籠のなかから答えた。

本郷の加賀藩上屋敷前を出発した行列は、神田《かんだ》川に沿って南下した。

学問好きの綱吉によって、手厚い庇護を受けているとはいえ林家の先聖殿のあたりは、人の気配も少なくなる。少し東に入れば、神田明神があり、露店なども出ている。人通りはどうしてもそちらに片寄った。

「お、お助けをくださいまし」

不意に若い女が、行列の前に飛び出してきた。

「な、なんだ」

「どうしたっ」

行列の先頭にいた本多家の家臣たちが緊張した。

「悪い者に追われておりまする」

女が襟も崩れた姿で、供侍に助けてくれとすがりついた。

「悪い者だと」

「どこだ」

男というのは若い女に弱い。供侍たちが辺りを警戒した。

「てめえ、逃げるんじゃねえ」

「どこへっ」

女を追うように男たちが現れた。

「きさまら、何者だ」

「うろんなり」

供侍たちが男たちを誰何した。

「いたぞ」

男の一人が女を見つけた。

「ひいっ」

脅えた女が、供侍の後ろに隠れようとした。

「てめえ」

「逃げられると思ったのか」

「止まれっ」

男たちが女へ近づこうとしたのを、供侍が制した。

「すいやせん。その女をこっちに渡していただけやせんか」

男のなかでもっとも身体の大きな一人が女を供侍に要求した。

「そいつは、高い金を出して親分が買い取った女でござんしてね。親分が楽しみにお待ちなんでございますよ」

「脅えておるではないか」

供侍が女をかばうように立った。

「そりゃあ、脅えましょうがねえ。こうなるとわかっていて、その女、千代《ちよ》は金を借りたんでございまして」

大きな身体の男が、懐から紙を取りだした。

「ここに証文がございやす」

男が証文を手に持ったまま、供侍に見せた。

「……むう、たしかに。借財を返せないときは十年の奉公に出ると書いてある」

読んだ供侍がうなった。

二代将軍秀忠によって、身売りは禁止された。また、期限を決めない奉公も認められてはいない。だが、それでは遊郭がやっていけなくなる。そこで期限を決めた奉公という形が生まれた。

そして、奉公には妾奉公も含まれている。

「う、嘘だ。あたしが借りたのは、一両。それが三月《みつき》で百両になるなんて」

千代と呼ばれた女が言い返した。

「なんだと。それは御法度《ごはっと》であるぞ」

借財の金利にも幕府は制限をかけている。さすがに一両が三ヵ月で百両になるなど許されてはいない。

「他にも金がかかってるんでやすよ、こいつには。衣装代とか、食いもの代とか」

男が悪びれずに言い返した。

「とりあえず、返していただきましょう。それとも、そちらさまが百両お払いくださるので」

「そうではない」

見もしらぬ女のために金を出す者などはいない。ましてや武家となれば、いろいろと制限がある。女のために金を遣ったなどというのは、人助けとして認められるものではなく、身を崩したに近い扱いを受けた。

「町奉行所に」

「よろしいんでやすか。町奉行所まで行っていたんじゃ、かなり手間でやすよ」

そんな余裕はあるのかと男が嗤《わら》った。

「小寺氏《こでらうじ》」

「やむをえぬ」

供侍が顔を見合わせた。

「出立いたす」

女を見捨てると供侍たちは判断した。

「そんなあ」

「話のわかるお方だ」

泣きそうな声を女が出し、男が嗤いを大きくした。

「供先の邪魔をいたすな。どけっ」

手を振って供侍が男に命じた。江戸の城下で無礼討ちはまずかった。相手は将軍家の民であり、供侍という陪臣の身分では手出しするのは難しい。

「女をこちらにいただければ、すぐにでも」

「勝手に連れていけ。ただし、行列の邪魔をすれば、捨て置かぬ」

男の要求を小寺と言われた供侍が拒んだ。

「……できやすか。こっちは天下の町人でござんすよ」

「御駕籠の紋を見てから申せ」

強がるなと言った男に、小寺が駕籠を見た。

「紋……げっ、葵《あおい》」

男が絶句した。

賀茂神社の神官を祖とする本多家は、立葵の紋を使用している。

徳川家は家康の先祖が、本多家が神官を務めていた三河の賀茂神社に頼んで葵の紋をもらったという経緯もあり、お止めである葵の紋を本多家は許されていた。

つまり、立葵の紋に手を出せば、本多家への無礼ではなく、葵の紋へのものとなる。

「兄い」

後ろにいた男が、身体の大きな男の袖を引いた。

「しかたねえ。道を空けろ」

大きな男が歯がみをしながら、退いた。

「女、ゆっくりと進んでやる。その間に逃げろ」

小寺が千代に囁いた。

「はい」

千代が行列のなかを割るようにして駕籠に近づいた。

「お殿さま、ありがとうございました」

「今だ、やっちまえ」

礼を言うため千代が駕籠に取り付いた瞬間、大きな身体の男が合図した。

「おうりゃ」

「死ね」

道を空けるために横へ退いていた男たちが、いっせいに襲いかかった。

「やっちまえ」

行列の背後からも、潜んでいた男たちが走り寄ってきた。

「庫之介、後ろを」

「はっ」

駕籠の後ろにいた石動庫之介が、太刀を抜いて走った。

「小寺、駕籠を」

供侍の一人が懐から手裏剣を出して投げながら命じた。

「刑部どの、承知」

小寺の横にいたもう一人の供侍は刑部の扮した姿であった。

「ぐっ」

大きな身体の男が最初に喉を手裏剣で貫かれて死んだ。

「兄い」

前から来ていた男たち四人の足が鈍った。

「馬鹿が」

戦いの最中に足を止めるのは、案山子《かかし》になるのも同然であった。

冷たく呟いた刑部が、抜いた脇差を手に突っこんだ。

「くたばりやがれえ」

後ろから来た男が長脇差を振りあげた。

「ふん」

すっと体勢を低くした石動庫之介ががら空きになった胴を薙いだ。

「へっ」

男の腰が砕けた。鳩尾《みぞおち》にある大きな神経の束を割《さ》かれたため、下半身の力が抜けたのだ。

「下作《しもさく》……」

「なにをしている」

後ろから見れば、男が自ら腰を折ったようにしか見えない。後続の男たちが戸惑った。

「あと三人」

座りこんだような姿勢になった下作を石動庫之介が蹴り飛ばした。

「ひいいい」

始まった闘争に、千代が震えあがり、一層駕籠に近づいた。

「お助けを、お殿さま」

千代が駕籠の扉に手をかけた。

「数馬、生かして捕まえろ」

「はっ」

駕籠のなかから命じた本多政長に数馬は応じた。

するすると千代に近づいた数馬は、その首を摑んで立ちあがらせた。

「な、なにをなさいます。乱暴はお止めに……」

後ろ首を摑まれた千代が、身体をひねってわざと胸乳《むなち》を見せつけた。

「ふっ」

動揺することなく、数馬は千代の鳩尾に当て身を喰らわせた。

「かはっ」

息を無理矢理肺から叩き出された千代が気を失った。

「高尾太夫のおかげかの。そのていどの女では気も引けぬようだ」

いつの間にか駕籠の扉が開き、なかから本多政長が笑顔を見せていた。

「義父上」

数馬がそれはないだろうとため息を吐いた。

「刑部」

「はっ」

あっという間に四人を片付けた刑部が、呼ばれて駆けつけてきた。

「この女を吾が屋敷に連れていき、いろいろと話を訊いておけ」

「お任せを」

気を失っている千代を数馬から受け取った刑部が肩に担ぎ、走り去っていった。

「行列を整えよ」

本多政長が供たちに命じた。

「小寺、町奉行所へ走れ。葵の紋に無礼を働いたゆえ、成敗いたしたと伝えよ」

「はっ」

首肯した小寺も駆けていった。

誰かに見られており、後で目付から調べられるより、こちらから届け出たほうが事後の扱いも違ってくる。

「念のため、上様にもご報告しておく」

後で目通りをしたときに、葵の紋と知りながら襲って来たと綱吉の耳に入れておけば、目付でも本多政長へ手出しできなくなる。本多政長を咎めたならば、葵の紋への無礼を目付が認めたことになるからだ。

「やれ、手間を喰った」

行列を出せと、本多政長が駕籠の扉を閉じた。

二

ゆっくりと動き出した行列を、かなり離れたところから杵築が見送った。

「やはりだめだったか」

杵築が大きく息を吐いた。

「掏摸《すり》として名を知られた女も駕籠のなかまでは手が届かなかったようだな」

女ならば油断するだろうとの手配は、意味をなさなかった。

「仕方ない。次善の手だ」

杵築が振り向いた。

「頼んだ」

「よろしゅうございますがねえ。全部がやられるなんぞ、聞いちゃいませんが」

杵築の後ろに控えていた小柄な老齢の男が不満を口にした。

「全部で九人。とくに千代は痛い。あいつの稼ぎは日に十両は堅いのですがねえ」

老齢の男が下卑た目で、杵築を見上げた。

「金はもう払ったはずだ」

杵築が追加を拒んだ。

「それはあんまりじゃございませんかねえ。武士とはいえたいした連中じゃなく、脅したら逃げ出すとのお話だったと思いやすが」

「それはこっちも驚いたのだ」

文句を言われた杵築が目を剝いていた。

最後の戦から六十年から過ぎている。大坂の陣を経験した者もまあいるのはいるが、今の武家は誰も生き死にを懸けた戦いを経験していない。

「法度に従い、刀を抜くな、人を斬るな」

第二の豊臣家となることを危惧《きぐ》した徳川家が、天下の武士たちの牙を抜いた。

両刀を腰に差してはいるが、ほとんどの武士は真剣を振ったことさえなく、人を傷つければ、厳しい咎めを受ける。

武士はまさに飾りとなった。

しかし、本多家の家士と数馬、石動庫之介は違った。

当て身や峰打ちなど、殺さずに抵抗力を奪う手段を選ばず、いきなり致命傷を与えてきた。

「恐ろしい連中だ」

杵築が震えあがった。

「あんな連中に手出しをするなど……いや、もう遅いな」

国元だけでなく、江戸でも戦いを挑んでしまった。今更、なかったことにはできなかった。

「本多が残るか、当家が残るか。頼んだぞ、松蔵《まつぞう》」

杵築が老齢の男に告げた。

「それほどの大事ならば、もうちょっと色をつけていただきたいと」

松蔵と呼ばれた老齢の男が、手を出した。

「わかった、わかった。だが、今は持ち合わせがない。後で、取りに来い」

ここまで来て最後の詰めが取れなくなっては困る。杵築が認めた。

「お願いしやすよ。あれだけの人数をなくしたぶんを補えるだけのものをお願いしやすよ」

松蔵が釘を刺した。

「では、大番屋へ駈けこむといたしやしょうか」

懐から松蔵が、十手《じって》を取り出した。

将軍の話し相手を務めるとなれば、譜代大名あるいは旗本としての格が与えられる。

本多政長も家臣を連れて、下乗橋《げじょうばし》をこえる資格を認められていた。

「ここでよい。屋敷へ戻っておれ」

それでも本多政長は、権利を使わず下乗橋で駕籠を降りた。

「ご一緒いたしましょう」

留守居役の数馬も、江戸城内にある留守居の溜《たまり》、蘇鉄《そてつ》の間にまでは入ることができる。

「うむ」

本多政長がうなずき、数馬を供にして、江戸城内へと入った。

「お待ちである」

先日同席した小納戸《こなんど》の柳 沢保明《やなぎさわやすあきら》が表御殿に入ったところで、待ち受けていた。

「これは畏れ入る」

本多政長が柳沢保明に深々と一礼した。

「……………」

数馬は本多政長の供でなく、留守居役として登城している。ここから先、本多政長との同行はできない。

目で合図して、数馬は蘇鉄の間へと向かうために別れた。

「……婿どのでございますか」

柳沢保明が数馬に気付いていた。

「ご存じでございますか」

本多政長が驚いた。

数馬は留守居役でしかない。諸大名のすべてに留守居役はおり、石高が多くなると複数抱えている。留守居役は、三百人ではきかないのだ。

その一人、それも若いためほとんど江戸城詰めを任されることのない数馬の顔を、綱吉の寵臣が知っているとは、さすがの本多政長も思っていなかった。

「留守居役をなさっているとは存じておりました」

「なるほど」

柳沢保明の答えで本多政長が気付いた。数馬は本多政長の関係者として、幕府から目を付けられていたのだ。

「参りましょう。上様が心待ちになされておりまする」

「畏れ多い。このような年寄りの来訪を楽しんでいただけるとは」

歩き出した柳沢保明に、本多政長が従った。

「加賀前田家本多政長、お目通りを許され、恐悦至極に存じまする」

御座の間下段中央襖際で、本多政長が平伏した。

「参ったか、本多の爺」

綱吉が上機嫌で迎えた。

「もそっと近う参れ。そこでは話が遠い」

「ご無礼を仕りまする」

招かれた本多政長が遠慮なく、下段中央まで膝行した。

「これ、本多」

同席をしていた老中の一人堀田備中守正俊が、たしなめようとした。

「よいのだ、備中。躬《み》が許した」

綱吉が堀田備中守を制した。

「ですが……殿中の決まりと申すものが……」

「それは躬をも縛るのか」

不機嫌な表情を綱吉が浮かべた。

「いえ、上様を縛るものなどございませぬ」

堀田備中守が否定した。

「ならばよかろう。本多の爺には、気まま勝手を許す」

「気まま勝手……」

綱吉の言葉に、堀田備中守が息を呑んだ。

「ご安心を、備中守さま。分はわきまえておりまする」

上段の間へは足を決して踏み入れないと、本多政長が宣した。

「……ならばよかろう」

これ以上文句を付けて、綱吉の機嫌を損《そこ》ねるのはまずい。

「気に入らぬならば、出ていけ」

同席を断られては、なんの話をしているのかわからなくなる。天下の謀臣の孫が、綱吉相手にどのようなことを吹きこんでいるのか、老中として確認しなければならないのだ。

堀田備中守が引いた。

「今日は、どのような話じゃ」

綱吉が急かした。

「お話しをさせていただく前に、一つご報告を」

本多政長が手を突いて綱吉を直接見ないように姿勢をかえた。

「聞こう」

綱吉が報告することを認めた。

「さきほど……」

行列が襲われたことを本多政長は話した。

「葵の紋と知って、襲って来たと申すのだな」

「さようでございまする」

確認した綱吉に、本多政長が首肯した。

本多の立葵と徳川の三つ葉葵では、形が違う。だが、どちらも葵の紋には違いなかった。

「町奉行に命じて、その者どもを捕らえよ。決して逃すなと言え」

綱吉が激怒した。

「上様、ご懸念には及びませぬ。その無頼な者どもは、当家にてすべて討ち果たしてございまする」

「なんと、全部」

綱吉が本多家の武に驚いた。

「待て、本多」

今度は老中大久保加賀守忠朝《ただとも》が口を挟んだ。

「そなた賊を斬った血の付いた不浄のままで、目通りを願ったのではなかろうな」

「そのままでございますが、なにか」

大久保加賀守の指摘に、本多政長が首をかしげた。

「ただちに御座の間を出よ。下城し、屋敷にて謹慎いたせ。処分は追って……」

「なにを騒ぐ、加賀守」

綱吉が不機嫌とわかる声で大久保加賀守を睨んだ。

「血の付いた……」

「首実検は大将の役目だと存じまするが」

大久保加賀守の発言を、わざと本多政長が遮った。

「それは戦場でのことだ。ここは戦場ではない」

「たしかに上様のご威光で天下は泰平でございまする」

本多政長がまず綱吉を褒めた。

「…………」

持ちあげられた綱吉が、口の端を緩めた。

「ですが、武士は戦うもの。かつては神君家康公も自ら槍をとられたと伺っております る。それを不浄と……」

「わかった」

それ以上は言うなと大久保加賀守が手を前に出した。一度、大久保加賀守は本多政長に家康の名前を出して、言いこめられていた。

「弥太郎《やたろう》」

「はっ」

綱吉が柳沢保明を通称で呼んだ。

「町奉行どもに、しっかりと命じておけ。葵の紋への不敬は許さぬと」

「承知いたしましてございまする」

一礼して柳沢保明が受けた。

「ありがとうぞんじまする」

葵の紋を遣える者として、本多政長が深々と感謝した。

「よい。ところで、本日の話はなんじゃ」

来る途中の話ということは、不意に湧いたものであり、当初の目的とは違う。綱吉が促した。

「柳沢さま、これを上様に」

下段の間と上段の間の境に座していた柳沢保明へ本多政長が書付を差し出した。

「……………」

受け取った柳沢保明が、書付を綱吉のもとへ運んだ。

「ご披見を賜りたく」

綱吉が書付を手にするのに合わせて、本多政長が頭を低くした。

「見ればよいのだな……なんじゃ、これは」

書付を見た綱吉が驚愕の声をあげた。

「上様っ」

「本多、きさまなにを上様に」

堀田備中守と大久保加賀守が腰を浮かせた。

「静かにいたせ」

綱吉が疳《かん》の立った声をあげた。

「申しわけございませぬ」

「ご無礼を」

あわてて老中二人が詫びた。

「爺、これは真のものであるな」

「はい。畏れ多くも上様に偽りのものをお渡しすることなどございませぬ」

念を押した綱吉に、本多政長がうなずいた。

「なにをしでかした、左近衛権少将は」

「ここでお話をしてもよろしゅうございますや」

堀田備中守、大久保加賀守にも聞かせて問題ないかと、本多政長が問うた。

「ふむ……よかろう。この二人は躬の信じるにたりる臣である」

「畏れ入りまする」

「かたじけなきお言葉」

綱吉の発言に、堀田備中守と大久保加賀守が感激した。

「上様、まずはその書付を拝見いたしても」

話を聞く前に目を通したいと堀田備中守が求めた。

「よかろう」

綱吉が書付を投げるようにして渡した。

「……なんと」

「備中守どの、わたくしにも」

驚いた堀田備中守に大久保加賀守が手を伸ばした。

「……馬鹿なっ」

大久保加賀守も絶句した。

「爺」

「はい。では、経緯を……」

綱吉の指示に本多政長が応じた。

三

松蔵がわざと十手を手に持ったまま、大番屋の戸障子を開けた。

「ごめんを」

「おう、猿猴《えんこう》の松蔵じゃねえか」

大番屋の板の間で寝転がっていた町奉行所同心が起きあがった。

「岡谷《おかや》の旦那、ちょうどよかった。大事《おおごと》でござんすよ」

松蔵が同心に近づいた。

「大事たあ、たいそうじゃねえか。どうしたい」

岡谷と言われた同心が、のんびりと問うた。

「林さまのお屋敷の前で人殺しで」

「なんだとっ」

人殺しと言われて、さすがの岡谷が驚愕した。

「行くぞ、松蔵。事情は途中で訊く」

横に置いていた太刀を摑むなり、岡谷が駆けだした。

「なにがあった」

「武家の行列が……」

走りながら問うた岡谷に、松蔵が杵築から教えられていた筋書きを語った。

「借金を抱えて逃げた女を追った男たちを、有無を言わさず斬り捨てたんだな」

「無礼者という声を聞いておりやす」

松蔵が平然と偽りを口にした。

「無礼討ちか。しかし、江戸の町民を斬ったとあっちゃ、黙って見過ごすわけにはいかねえな」

岡谷が眉間にしわを寄せた。

「どこの家かは、わかってるのけえ」

「あいにく……」

「駕籠なら紋があったろう」

「遠くて見えやせん」

「立てていた槍の飾りは」

大名や旗本は行列の先頭に槍を立てた。脇坂《わきさか》家の貂《てん》皮、伊達《だて》家の黒熊毛など、民にも知られるほど有名であり、それだけで家が特定できることもあった。

「それが槍もなく」

「馬鹿言うな。駕籠に乗れる武家が槍を立てないはずはねえ」

松蔵の答えに、岡谷が噛みついた。

武士にはいくつかの格があった。そのなかでもっとも大事なのが槍一筋であった。武士はその名前の通り、武を誇る。その体現こそ槍であった。

「……………」

叱られた松蔵が不満そうな顔をした。

本多政長も国元では行列の前に槍を立てている。しかし、ここは本多家にとって敵地に近い江戸なのだ。

「陪臣ごときが江戸で堂々と武を誇る。まるで江戸に人がいないような振る舞いは、あまりに傲慢であろう」

　槍を立てる権を本多家は持っている。それでも絡む者は絡んでくる。ましてや、直接将軍から召し出されてお伽《とぎ》をするという、譜代大名でさえ望めない栄誉を、陪臣が甘受しているなど、我慢できない者は多い。

　ゆえに本多政長は、槍を立てる気概もないという侮りを選んだ。

「それじゃ、どこの家かわからねえじゃねえか」

　岡谷があきれた。

「……それが、その話し声は聞こえやして」

「紋所が見えないほど離れていたのにか」

　とってつけたような発言に、岡谷が目を細めた。

「…………」

　松蔵が気まずそうに黙った。

「からくりを全部話せ」

　他人の心の機微に気づけないようでは、町奉行所の同心など務まらない。

　岡谷が松蔵を締めあげた。

書付は柳沢保明以外の全員に閲覧された。

「…………」

柳沢保明は命じられない限り、余計なことをしない、知ろうともしない。それも綱吉の気に入るところとなった。

手元に戻って来た書付を、綱吉がもう一度読んだ。

「他藩の者の妻に手を出すとは」

綱吉が罵倒を続けた。

「たかが分家の家老ごときに脅えるなど」

力なく、綱吉が首を左右に振った。

「このような情けない者に、越前は預けられぬ」

「お待ちくださいませ、上様」

堀田備中守が、綱吉を宥めようとした。

「こればかりは聞かぬぞ、備中」

綱吉が堀田備中守を睨んだ。

酒井雅楽頭によって将軍継承から外されかかった綱吉を、堀田備中守が守った。堀田備中守が、酒井雅楽頭の隙を突いて、死の床にある四代将軍家綱と綱吉を会わせ、そこで家督を譲るとの話を取りまとめた。

　このお陰で綱吉は五代将軍となった。それ以来、綱吉は堀田備中守の言うことを素直に聞いていた。

「お怒りはごもっともでございまする。ですが、越前藩松平家は徳川にとって格別な家柄でございまする。その当主をはっきりとした罪もなく、隠居させるのはいささか問題かと」

　堀田備中守が綱吉を説得しようとした。

「詫び状は表に……」

「出せませぬ。将軍家の、いえ、神君家康公の血を引かれた尊きお方が、陪臣に対して詫び状を書かされたなど、明らかにはできませぬ」

　綱吉の言葉を堀田備中守が遮った。

「むっ」

　将軍の権威のためといわれては、綱吉も反論できない。

「だが、このままには捨て置けぬぞ」

　ちらと綱吉が本多政長を見た。

「本多安房」

「なんでございましょう、備中守さま」

堀田備中守の声かけに、本多政長が応じた。

「この詫び状を、そなたはどうするつもりである」

「別段、どう遣う気もございませぬ」

訊いた堀田備中守に本多政長が淡々と告げた。

「なんだとっ」

「それだけのものを遣わぬと」

堀田備中守と大久保加賀守が驚愕の声を漏らした。

大名というのはなれ合いでやっていけるものではなかった。少しでも隙があれば、相手の足を引っ張り、少しの恩でも大きな利に近づける。それができなければ、徳川の支配のもとで、勢威を張っていけるものではなかった。

「遣うつもりならば、上様にお見せいたしませぬ。この詫び状は、秘めていればこそ武器として使えるもの」

「たしかにそうじゃな」

本多政長の言いぶんに、綱吉がうなずいた。

「躬に知られたくないがために、そなたの指図に従う。そうであろう」

「ご明察でございまする」

綱吉の意見を本多政長が称賛した。

「それを躬に差し出したのだぞ。遣う気はないとわかるだろうが」

「たしかに」

「仰せの通りでございまする」

綱吉に言われて、堀田備中守と大久保加賀守が低頭した。

「もらってよいのだな」

「どうぞ。上様のお心のままに」

本多政長が平伏した。

「うむ。弥太郎。これを御用の間にしまいおけ」

綱吉が命じた。

御用の間とは、御座の間の奥にある小部屋である。出入り口は一ヵ所の渡り廊下しかなく、部屋には窓もない。部屋のなかには文箪笥《ふみだんす》と文机《ふづくえ》があり、ここで将軍は一人で思案したり、腹心と政について語り合う。

言わば、将軍真の執務室であった。

「はっ」

うやうやしく膝行して受け取った柳沢保明が、御座の間を出ていった。

「爺」

「はい」

綱吉が本多政長に顔を向けた。

「他になにか話はあるか」

「もう一つございまする」

問われた本多政長が述べた。

「ほう、詫び状よりもおもしろいか」

「いかがでございましょうか。あまり珍しい話ではございませぬ」

興味を見せた綱吉に、本多政長が首をかしげた。

「かまわぬぞ。同じような話でも、爺の口から出れば、違うだろう」

綱吉がうながした。

「では……」

本多政長が背筋を伸ばした。

「国元で嫡男が叛乱をおこしましてございまする」

「……なんだと」

堂々とお家騒動を口にした本多政長に、綱吉が一瞬呆けた。

阪中玄太郎は永原主税の指図を受けて、日を空けてから本多主殿を訪ねた。

「落ちついたか」

阪中玄太郎が本多家中を把握したかどうかを問うた。

「それがのう、なかなか皆、言うことを聞いてくれぬのよ」

本多主殿が困惑を見せた。

「当主なのであろう。言うことを聞かぬならば、放逐するくらいのことを宣言すればよろしかろう」

「譜代の者をそう簡単に放逐などできようはずもないではないか」

無茶を言うなと本多主殿が難しい顔をした。

「そういえば、貴家には軒猿という忍びの者がおると噂で聞きましたが、まことでござるか」

「おるらしい」

「らしいとはどういうことでござる」

曖昧な返答をした本多主殿に阪中玄太郎が迫った。

「当主が代わるときに、受け継ぎがおこなわれる決まりでな。まだ、父からなにも聞かされておらぬのよ。誰が軒猿かを」

「なにを……」

困った、困ったと呟く本多主殿に、阪中玄太郎があきれた。

「では、軒猿について、貴殿はなにも」

「知らぬ」

念を押した阪中玄太郎に、本多主殿が首を横に振った。

「軒猿は、本多安房さまの手のなかか」

阪中玄太郎が苦く頬をゆがめた。

「……先日の軒猿のこともあるしの」

「なにか言ったか」

独りごちた阪中玄太郎に本多主殿が引っかかった。

「いや、なんでもござらぬ」

阪中玄太郎が首を横に振った。

「ところで、先日の貴殿が見送りに出ていたときのことだが……」

「前も言ったが、なにも言えぬ」

本多主殿が拒否した。

「我ら加賀藩をよくしようと集まった同志にも言えぬと」

「あれは本多家の所用だでの」

しつこく問うた阪中玄太郎だったが、本多主殿は聞かなかった。

「ならば主殿どのよ、一つ引き受けてくれまいか」

「なにをすればよい。ものによっては受けいれられぬぞ」

本多主殿が、断るときもあると告げた。

「女中を一人雇ってくれ」

「……女中を」

阪中玄太郎の求めに、本多主殿が首をかしげた。

「拙者の遠縁に当たる女でな。知行所から拙者を頼って出て参ったのだが、吾が家には人手が足りておってな」

言いにくそうな口調で阪中玄太郎が頼んだ。

知行所から領主を頼って人が出てくることは、珍しい話ではなかった。

百姓でも職人でも、家を継げるのは長男だけで、それ以外は使用人になるか、他家へ養子に出るかしかない。しかし、長男の使用人は給与も与えられず、生涯こき使われるだけであり、養子の話もそうそうあるわけではなかった。

となれば奉公に出るしかないが、知行所はどこでも農村であり、商家や職人は少なく、雇ってもらえない。

ならば繁華な城下で奉公先をと考えて、出てくる者は多かった。

「女中の一人くらいならば、どうにでもなるが」

本多主殿が受けいれてもいいと言った。

「ただし、身元保証は貴殿がなされよ」

大名に匹敵する本多家は、金沢でも指折りの名家である。そこの女中というだけで、一目置かれるし、衆目も集まる。もし、なにか不義理なまねでもされたら、本多家の名前に傷が付く。

責任は負わせるぞと本多主殿が阪中玄太郎に告げた。

「当然のことだ」

阪中玄太郎が首肯した。

奉公人を紹介したときは、紹介者が身許を引き受けるのが慣例であった。

「ならば、お連れいただいてもよろしかろう」

「助かる。早速だが、この後連れてくるがよろしいか」

認めた本多主殿に、阪中玄太郎が礼を口にした。

「勝手口から頼む。用人に申しておくゆえ」

本多主殿が、そのときは立ち会わぬと言った。

「頼む。ただ、遠いとはいえ、拙者の縁者である。下働きではなく、嫁入り修業扱いにしてやってくれ」

台所や洗濯、掃除などをする下女扱いではなく、来客の応対、正室や側室、子供たちの身のまわりの世話をする上の女中にしてくれと、阪中玄太郎が条件を付けた。

「うむ。そのように伝えておこう」

本多主殿が引き受けた。


書院に戻った本多主殿を、軒猿の一人が迎えた。

「見ていたな」

「はい」

本多主殿の確認に、軒猿が首肯した。

「歩き巫女だな」

「おそらく」

「なかを探るつもりだろうが……甘く見過ぎだ」

同意した軒猿に、本多主殿が嗤った。

「いかがいたしましょうや」

「すぐに片付ければ、疑われよう。しばらくは生かせ」

問うた軒猿に本多主殿が命じた。

「では、そのように。見張りを付けまする」

本多屋敷にはいろいろと密を保たなければならないものがある。それに近づかれるのはまずかった。

「いや、待て。琴付きにしよう」

「琴さまに」

軒猿が本多主殿の発案に驚いた。

「実家とはいえ、嫁に出た女がなにもせず、無為徒食《むいとしょく》はよろしくなかろう。少し、働いてもらう」

本多主殿が名案だとばかりに手を打った。

四

数馬は蘇鉄の間で本多政長が帰って来るのを待っていた。

「瀬能どのじゃな」

誰とも話していなかった数馬に、一人の留守居役が近づいてきた。

「いかにも瀬能でございまするが、貴殿は」

見覚えのない留守居役に、数馬が尋ねた。

「お初にお目にかかる。紀州藩徳川家の留守居役沢部《さわべ》修二郎《しゅうじろう》と申す」

「紀州さまの」

御三家は加賀前田家よりも格上になる。数馬が姿勢を正した。

「いや、同格組の仲でござろう。それほど固くなられず」

沢部修二郎が、数馬に笑いかけた。

「畏れ入りまする」

数馬が一礼した。

「貴殿を同格組で見かけたことはござらぬが、いつ留守居役になられたかの」

隣に腰を下ろした沢部修二郎が、数馬に問うた。

同格組は、御三家、越前藩松平家、前田家、島津《しまづ》家、伊達家などで構成されている。ただ、近隣組のように利害関係が濃くないため、縁組や襲封《しゅうほう》などでもないかぎり、それほど会合はおこなわれていなかった。

「まだ一年と少しでございまする」

「そうか。ならば拙者が先達じゃの。拙者は留守居役になって八年になる」

「さようでございまするか。未熟者でございまする。よろしくご指導をいただきますようお願いいたしまする」

先達だと言った沢部修二郎に、数馬がていねいに頭を下げた。

「承った」

沢部修二郎がうなずいた。

「ところで、貴殿に一つお話を伺いたいと思うてな」

質問があると沢部修二郎が、数馬に言った。

「わたくしに……」

数馬が怪訝な顔をした。初対面の沢部修二郎に訊かれるような話に思いあたらなかった。

「噂で聞いたのだがの、貴殿、本多安房どのの婿になられたとのことだが、まことかの」

「はい」

沢部修二郎の質問を数馬が認めた。

「いつ祝言を挙げられた」

「先月でございまする」

数馬が答えた。

「では、琴姫さまは江戸に」

沢部修二郎が琴の名前を出した。

「いえ、国元でござる」

「えっ」

首を左右に振った数馬に、沢部修二郎が目を少し大きくした。

「参勤交代のお供をして国元まで戻りまして、その折りに祝言を」

わざわざ仮祝言だったという意味はない。数馬は簡単に経緯を語った。

「なるほど」

沢部修二郎が納得した。

「はて、琴になにか御用でも」

「そういうわけではござらぬ。貴殿もご存じかと思いまするが、琴姫さまは、当家の家老水野《みずの》播磨《はりま》が嫡男志摩介《しまのすけ》の……」

「ああ、存じておりまする」

数馬が首肯した。

本多政長と紀州家初代徳川頼宣《よりのぶ》とは、身分、年齢をこえた交流があった。その縁で、琴姫は紀州家家老の跡継ぎのもとへ嫁していた。しかし、嫡男は琴姫ではなく、側室を寵愛し、その閨を訪れること少なく、子ができなかった。それを理由として琴姫は、徳川頼宣が死去するなり離縁され、金沢へ帰された。

「それがなにか」

なぜ琴のことを訊くのかと数馬が首をかしげた。

「じつは、水野志摩介が亡くなりまして」

「それは、お悔やみを申しあげまする」

一応の礼儀として、数馬が哀悼の意を表した。

「かたじけのうござる」

沢部修二郎も応じて、軽く頭を下げた。

「残念ながら若くして死した志摩介には子がなく、水野家の跡は、弟の辰雄《たつお》が継ぎましたのでございますが……」

「それはおめでとうございまする」

これも愛想だけであった。

いくら留守居役が藩の外交を担っているとはいえ、国家老の子供の生き死にまで対応することはない。言葉だけで終わらすのが普通であった。

「ところで、本日は本多安房さまが、上様にお目通りをなさっておられるとか」

「さようでございまする」

お城坊主に問えば、すぐにわかることである。数馬はすんなり認めた。

「そこで頼みがござる」

「お伺いいたしましょう」

引き受けるかどうかは聞いてからだと、数馬が促した。

「下城なさる前に、少し本多安房さまとお話しをさせていただきたい」

「本多とお話しをなさりたいと」

「…………」

確認した数馬に、無言で沢部修二郎が肯定した。

「上様の御用が終わりましたら、本多に問うてみまするが……かならずというお約束はできかねまする」

本多政長のつごうが優先される。御三家の留守居役とはいえ、他家の家老、それも綱吉に召し出される大名格の本多政長に強制はできなかった。

「そこをなんとかお願いいたしたい。貴殿からお口添えいただけば、なんとかなるのではないかの」

娘婿としての情で頼んでくれと沢部修二郎が要求した。

「あまりそういうのを本多は好みませぬが、先達のお頼みとあれば、話はいたしましょう」

「助かった。では、声をかけてくれ」

沢部修二郎が数馬に任せて、離れていった。

「外で待つこともせぬか」

紀州徳川家の留守居役でも、本多政長よりは格下である。また、あらかじめの約束もなく、会談を申しこむという無礼をするのだ。座敷の外で待ち受けるくらいの気遣いをみせるのが、当たり前であった。

「瀬能さま」

蘇鉄の間の襖が少し開いて、お城坊主が数馬を呼んだ。

「終わりましたかの」

数馬がお城坊主に近づいた。

「いえ、まだ少しかかると」

「まだ……長うございますな」

お城坊主の言葉に、数馬が怪訝な顔をした。

将軍の日課はきっちりと決められている。本日の本多政長の目通りでも、何刻からどれくらいの間で、何刻になれば終わると予定はしっかり組まれている。

それが延長になるというのは、あまり歓迎できることではなかった。

もちろん、綱吉の興が乗って延びるときもあるが、多くは機嫌を損ねて下城禁止から目付の取り調べとなっている。

数馬が不安そうな顔をしたのも無理はなかった。

「少し、状況を見てきていただけませぬか」

留守居役になって教えられ、常に懐に入れている金包みを数馬はお城坊主の手に握らせた。

「……少しお待ちをいただきますよう」

掌で金包みの重さを量ったお城坊主が、うなずいた。

「今度はなにをなさった……」

小走りに駆けていくお城坊主の背中を見送りながら、数馬が不安そうな表情を浮かべた。

御座の間は静まりかえっていた。

「…………」

本多政長は、お家騒動を報告してから黙っていた。

「どういうことだ」

ようやく驚愕から立ち返った綱吉が、詳細を要求した。

「私事でございますので」

己から言っておきながら、本多政長が大久保加賀守を見た。

「むっ」

大久保加賀守が本多政長をにらみ返した。

「他人払いをいたせ」

綱吉が本多政長の目の動きから、その意味を汲んだ。

「上様っ。わたくしは老中でございまする。お家騒動とあれば、知らずにおくわけには参りませぬ」

出て行けと言われたに等しい。大久保加賀守が綱吉に取り消しを求めた。

「はて、陪臣のお家騒動を、ご老中さまがお気になさるとは」

本多政長がわざとらしく、首をかしげた。

基本として幕府は大名を統率するが、御三家や一門衆などを支える付け家老などを除いて陪臣に口出しはしない。

「本多家は格別な家柄であろうが」

大久保加賀守が本多は口出しされて当然だと言い返した。

「だそうでございますが、それでよろしゅうございますか、備中守さま」

本多政長が黙って見ていた堀田備中守を巻きこんだ。

「よろしくはない。いかに本多とはいえ、陪臣を格別の家柄とするには、はばかりがある。前田加賀守を一門とするならば、別であるが」

堀田備中守が大久保加賀守の意見を否定した。

「それはならぬ」

前田加賀守という名前に、綱吉が反応した。

「仰せの通りでございまする。前田家はあくまでも徳川家の臣下。ご一門に加えていただこうなどという、僭越至極な考えなど持っておりませぬ」

本多政長がすばやく口を出した。

「う、うむ」

綱吉がなんとかうなずいた。

「わかったならば、遠慮せよ」

あらためて綱吉が他人払いを命じた。

「ご諚とあれば」

将軍の指図に老中が異を唱えるわけにはいかなかった。

大久保加賀守が腰を上げた。

「備中守どの……」

微動だにしない堀田備中守に、大久保加賀守が怪訝な顔をした。

「わたくしはよろしゅうございましょう。本多安房のことが終わり次第、松平左近衛権少将のことをお話しせねばなりませぬ」

堀田備中守が綱吉に許可を求めた。

「たしかに一度退出させて、後ほど呼び返すのは二度手間じゃな」

綱吉が認めた。

「ならば、わたくしも」

大久保加賀守が腰をもう一度下ろそうとした。

「かまわぬか、爺」

綱吉が仕方ないといった顔で問うた。

どう考えても堀田備中守の居残りは、無理があった。家臣が主君のつごうに合わせて動くのは当たり前のことであり、一度御用部屋へ戻ってまた出てくるのが手間だなどというのは、わがまま以外のなにものでもない。

それを言えるだけ堀田備中守は、そして綱吉が認めざるを得ないだけの力関係がそこにはあった。

「上様がお許しになられたならば、わたくしに否やはございませぬ」

少し苦い顔をした綱吉に気づかぬ振りで、本多政長が頭を垂れた。

「うむ、では話をいたせ」

「一つだけ、お願いを申しあげまする」

「申してみよ」

願いを口にする許可を求めた本多政長に、綱吉が認可した。

「上様のご無聊をお慰めするために、お話し申しあげますもの。どうぞ、皆さまのご意見はご無用に願いまする」

「躬の無聊を慰めるための余興と申すか。爺らしいの。よかろう」

本多政長の条件を綱吉が認めた。

「では……」

一度大きく息を吸って、本多政長が話を始めた。

「そもそもの始まりは、当家が堂々たる隠密と言われておりますところに端を発しておりまする」

「これっ。安房」

大久保加賀守が制止をかけた。外様の筆頭宿老が幕府の隠密だなどという話は、事実でなくとも外聞が悪い。

「たしかに吾が父は、ろくでもない経歴を重ねておりまする。そもそもは神君家康公の旗本でありながら、同僚を喧嘩で斬り殺して出奔、その後、大谷刑部吉継《おおたにぎょうぶよしつぐ》、宇喜多宰相《さいしょう》秀家、福島左衛門《さえもん》大夫正則、前田加賀守利長、直江山城守兼続《なおえやましろのかみかねつぐ》と渡り歩きましてございまする。お気づきでございましょうが、現在も存続いたしておりますのは、前田家のみ。その他はすべて断絶いたしておりまする。途絶えた家はすべて、徳川家に逆らった者ども。まさに疫病神、吾が父が非難されてもいたしかたございませぬ」

大久保加賀守の制止など無視して、本多政長が述べた。

「なんとまた、すさまじいよの。本多によって潰されたとも思える。堂々たる隠密と言われてもいたしかたないの」

綱吉が感心した。

「…………」

そうなれば、大久保加賀守もそれ以上は言えなくなる。

「結局、吾が父は加賀藩に腰を落ち着けまするが、この経緯では家中で浮いて当然」

「まさに、まさに」

綱吉が首肯した。

「父はよろしかったでしょう。己のしたことでございますから。しかし、子孫はたまりませぬ。加賀藩でもっとも高い格を与えられていながら、敬して遠ざけられる。藩のためになにかしようとしたら、加賀藩を潰すために動き始めたのではないかと疑われる。わたくしも若いときは、それが嫌でございました。もっとも、今は、それを楽しんでおりまするが」

本多政長が苦笑した。

「楽しいと申すか」

「はい。わたくしがなにか言うたび、なにかするたびに、周囲が裏を探ってくれまする。まったくなにもないのに、必死でわたくしの揚げ足を取ろうといたしまする。その有様が滑稽でたまりませぬ。人というのはここまで疑心暗鬼になるのだなと思い知りました」

「勝手に踊るか」

綱吉が呟いた。

「その動きに、愚息が引っかかったようでございまする。唆《そそのか》されたのか、肚をくったのかはわかりませぬが、国元でわたくしを隠居させ、己が当主となるように画策いたしましてございまする」

本多政長が話し終えた。

「国元へ戻って対処せねばならぬのではないか」

堀田備中守が口を挟んだ。

「不要でございまする」

本多政長が首を横に振った。

「すでに愚息が動いてかなりの日数が経っておりまする。しかし、藩のほうからなにも申して参りませぬ。これは主加賀守がわたくしの隠居と愚息の家督相続を認めておらぬとの証でございますれば」

「加賀守を信じておるのだな」

「主として仰ぐにふさわしいと思っておりまする」

「うらやましいことだ」

胸を張った本多政長に、綱吉が嘆息した。

「なにを仰せられまする。上様には備中守さまをはじめ、何千、何万という者どもが忠誠を尽くしておりまする。でございましょう、柳沢どの」

本多政長が柳沢保明に声をかけた。

「吾が命、上様に捧げておりまする」

柳沢保明が強く宣した。

「そうであった」

うれしそうな顔で綱吉がうなずいた。

「そろそろ、上様」

かなり刻限を過ぎていると柳沢保明が、綱吉に匂わせた。

「そうか。いや、爺とおると退屈せぬわ。また、来い。ただし、国元へ帰らなければならぬようならば、帰国も許す。ただし、この結末はきっと報せよ」

「かたじけなき仰せ」

好きにしていいとの許可をくれた綱吉に、本多政長が深く平伏して謝意を見せた。

御座の間を本多政長が出た途端、廊下で様子を窺っていたお城坊主が走り出した。

「心配をかけたようだな」

それを見た本多政長が、数馬の手配だと見抜いた。

「上様と備中守さまの間に、溝が見えた。楔《くさび》も入れた。これでよいとするか、それとも大久保加賀守を排除するか……」

歩きながら本多政長が思案した。

「要らぬ一手になりそうな気もするの。加賀守と備中守を組ませることになっては面倒じゃ」

本多政長が苦笑を浮かべた。

「……義父上」

数馬が蘇鉄の間を出て、待っていた。

「すまぬな。ちと遊びが過ぎたわ」

「詳細は帰ってから伺いまする。それより紀州家留守居役の沢部どのが、お話しをいたしたいと」

「紀州の留守居役が儂に……沢部、知らぬ名じゃ。よかろう、紀州とあればいたしかたなし」

数馬に聞かされた本多政長が首肯した。

「では、しばし、こちらで」

沢部修二郎を迎えに、数馬が蘇鉄の間へと入り、すぐに出てきた。

「こちらが紀州家留守居役の沢部どのでございまする」

「沢部修二郎でございまする」

「本多でござる。わたくしにお話とは」

挨拶を交わすなり、本多政長が問うた。

「先ほども瀬能どのに申しあげましたが、水野志摩介が死去いたしました」

「志摩介どのが。まだお若いのに。残念でござる」

一度は娘婿であったのだ。水野志摩介の冥福を祈って本多政長が黙礼した。

「その跡を弟の辰雄が継ぎましてござる」

「辰雄どの、お目にかかったことはないが、跡目が無事に終わられたことはめでたい」

沢部修二郎がなにを言いたいのかわからず、困惑の状態で本多政長が祝した。

「つきましては……」

ちらと沢部修二郎が数馬を見た。

「……琴姫さまを辰雄の正室にお迎えいたしたく、お願いをいたしまする」

「なにをっ」

「…………」

沢部修二郎の発言に、数馬が驚愕し、本多政長が沈黙した。

本書は文庫書下ろし作品です。

|著者| 上田秀人　1959年大阪府生まれ。大阪歯科大学卒。'97年小説CLUB新人賞佳作。歴史知識に裏打ちされた骨太の作風で注目を集める。講談社文庫の「奥右筆秘帳」シリーズは、「この時代小説がすごい！」（宝島社刊）で、2009年版、2014年版と二度にわたり文庫シリーズ第一位に輝き、第３回歴史時代作家クラブ賞シリーズ賞も受賞。「百万石の留守居役」は初めて外様の藩を舞台にした新シリーズ。このほか「禁裏付雅帳」（徳間文庫）、「聡四郎巡検譚」（光文社文庫）、「闕所物奉行裏帳合」（中公文庫）、「表御番医師診療禄」（角川文庫）、「町奉行内与力奮闘記」（幻冬舎時代小説文庫）、「日雇い浪人生活録」（ハルキ文庫）などのシリーズがある。歴史小説にも取り組み、『孤闘　立花宗茂』（中公文庫）で第16回中山義秀文学賞を受賞、『竜は動かず　奥羽越列藩同盟顛末』（講談社文庫）も話題に。総部数は1000万部を突破。
上田秀人公式HP「如流水の庵」 http://www.ueda-hideto.jp/

布石《ふせき》　百万石《ひゃくまんごく》の留守居役《るすいやく》(十五)
上田秀人《うえだひでと》

講談社文庫
定価はカバーに
表示してあります

2020年６月11日第１刷発行

発行者──渡瀬昌彦
発行所──株式会社　講談社
東京都文京区音羽2-12-21　〒112-8001
電話　出版（03）5395-3510
販売（03）5395-5817
業務（03）5395-3615

デザイン─菊地信義
本文データ制作─講談社デジタル製作
印刷───大日本印刷株式会社
製本───大日本印刷株式会社

Printed in Japan

ISBN978-4-06-520039-1

講談社文庫刊行の辞

二十一世紀の到来を目睫に望みながら、われわれはいま、人類史上かつて例を見ない巨大な転換期をむかえようとしている。

世界も、日本も、激動の予兆に対する期待とおののきを内に蔵して、未知の時代に歩み入ろうとしている。このときにあたり、創業の人野間清治の「ナショナル・エデュケイター」への志を現代に甦らせようと意図して、われわれはここに古今の文芸作品はいうまでもなく、ひろく人文・社会・自然の諸科学から東西の名著を網羅する、新しい綜合文庫の発刊を決意した。

激動の転換期はまた断絶の時代である。われわれは戦後二十五年間の出版文化のありかたへの深い反省をこめて、この断絶の時代にあえて人間的な持続を求めようとする。いたずらに浮薄な商業主義のあだ花を追い求めることなく、長期にわたって良書に生命をあたえようとつとめるところにしか、今後の出版文化の真の繁栄はあり得ないと信じるからである。

同時にわれわれはこの綜合文庫の刊行を通じて、人文・社会・自然の諸科学が、結局人間の学にほかならないことを立証しようと願っている。かつて知識とは、「汝自身を知る」ことにつきていた。現代社会の瑣末な情報の氾濫のなかから、力強い知識の源泉を掘り起し、技術文明のただなかに、生きた人間の姿を復活させること。それこそわれわれの切なる希求である。

われわれは権威に盲従せず、俗流に媚びることなく、渾然一体となって日本の「草の根」をかたちづくる若く新しい世代の人々に、心をこめてこの新しい綜合文庫をおくり届けたい。それは知識の泉であるとともに感受性のふるさとであり、もっとも有機的に組織され、社会に開かれた万人のための大学をめざしている。大方の支援と協力を衷心より切望してやまない。

一九七一年七月

野間省一

講談社文芸文庫

古井由吉

野川

東京大空襲から戦後の涯へ、時空を貫く一本の道。老年の身の内で響きあう、生涯の記憶と死者たちの声。現代の生の実相を重層的な文体で描く、古井文学の真髄。

解説＝佐伯一麦　年譜＝著者、編集部

978-4-06-520209-8
ふＡ12

古井由吉

詩への小路　ドゥイノの悲歌

リルケ「ドゥイノの悲歌」全訳をはじめドイツ、フランスの詩人からギリシャ悲劇まで、詩をめぐる自在な随想と翻訳。徹底した思索とエッセイズムが結晶した名篇。

解説＝平出　隆　年譜＝著者

978-4-06-518501-8
ふＡ11

〈既刊紹介〉

上田秀人作品◆講談社

百万石の留守居役《るすいやく》シリーズ

老練さが何より要求される藩の外交官に、若き数馬が挑む！

第一巻『波乱』2013年11月　講談社文庫

外様第一の加賀《かが》藩。旗本から加賀藩士となった祖父をもつ瀬能《せのう》数馬《かずま》は、城下で襲われた重臣前田《まえだ》直作《なおなり》を救い、五万石の筆頭家老本多《ほんだ》政長《まさなが》の娘、琴《こと》に気に入られ、その運命が動きだす。江戸で数馬を待ち受けていたのは、留守居役《るすいやく》という新たな役目。藩の命運が双肩にかかる交渉役には人脈と経験が肝心。剣の腕以外、何もない若者に、きびしい試練は続く！

上田秀人作品◆講談社

第一巻
『波乱』
2013年11月
講談社文庫

第二巻
『思惑』
2013年12月
講談社文庫

第三巻
『新参』
2014年6月
講談社文庫

第四巻
『遺臣』
2014年12月
講談社文庫

第五巻
『密約』
2015年6月
講談社文庫

第六巻
『使者』
2015年12月
講談社文庫

第七巻
『貸借』
2016年6月
講談社文庫

第八巻
『参勤』
2016年12月
講談社文庫

第九巻
『因果』
2017年6月
講談社文庫

第十巻
『忖度』
2017年12月
講談社文庫

第十一巻
『騒動』
2018年6月
講談社文庫

第十二巻
『分断』
2018年12月
講談社文庫

第十三巻
『舌戦』
2019年6月
講談社文庫

第十四巻
『愚劣』
2019年12月
講談社文庫

第十五巻
『布石』
2020年6月
講談社文庫

〈以下続刊〉

上田秀人作品◆講談社

奥《おく》右《ゆう》筆《ひつ》秘帳 シリーズ

「筆」の力と「剣」の力で、幕政の闇に立ち向かう
圧倒的人気シリーズ！

第一巻『密封』2007年9月　講談社文庫

江戸城の書類作成にかかわる奥右筆組頭《おくゆうひつくみがしら》の立花併右衛門《たちばなへいえもん》は、幕政の闇にふれる。帰路、命を狙われた併右衛門は隣家の次男、柊衛悟《ひいらぎえいご》を護衛役に雇う。松平定信《まつだいらさだのぶ》、将軍家斉《いえなり》の父・一橋治済《ひとつばしはるさだ》の権をめぐる争い、甲賀《こうが》、伊賀《いが》、お庭番の暗闘に、併右衛門と衛悟は巻き込まれていく。「この時代小説がすごい！」（宝島社刊）でも二度にわたり第一位を獲得したシリーズ！

上田秀人作品◆講談社

第一巻
『密封』
2007年9月
講談社文庫

第二巻
『国禁《こっきん》』
2008年5月
講談社文庫

第三巻
『侵蝕《しんしょく》』
2008年12月
講談社文庫

第四巻
『継承』
2009年6月
講談社文庫

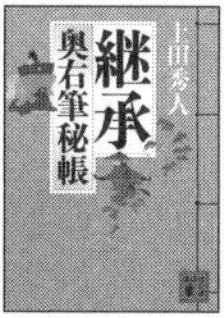

第五巻
『簒奪《さんだつ》』
2009年12月
講談社文庫

第六巻
『秘闘』
2010年6月
講談社文庫

第七巻
『隠密』
2010年12月
講談社文庫

第八巻
『刃傷』
2011年6月
講談社文庫

第九巻
『召抱《めしかかえ》』
2011年12月
講談社文庫

第十巻
『墨痕《ぼっこん》』
2012年6月
講談社文庫

第十一巻
『天下』
2012年12月
講談社文庫

第十二巻
『決戦』
2013年6月
講談社文庫

〈全十二巻完結〉

前夜 奥右筆外伝

併右衛門、衛悟、瑞紀《みずき》をはじめ宿敵となる冥府防人《めいふさきもり》らそれぞれの「前夜」を描く上田作品初の外伝！

2016年4月
講談社文庫

上田秀人作品◆講談社

梟《ふくろう》の系譜　宇喜多四代

戦国の世を生き残れ！
梟雄と呼ばれた宇喜多秀家の真実。

織田、毛利、尼子《あまこ》と強大な敵に囲まれた備前に生まれ、勇猛で鳴らした祖父能家《よしいえ》を裏切りで失い、父と放浪の身となった直家《なおいえ》は、宇喜多《うきた》の名声を取り戻せるか？

『梟の系譜』2012年11月　講談社単行本
2015年11月　講談社文庫

軍師の挑戦　上田秀人初期作品集

斬新な試みに注目せよ。
上田作品のルーツがここに！

デビュー作「身代わり吉右衛門」（「逃げた浪士」に改題）をふくむ、戦国から幕末まで、歴史の謎に果敢に挑んだ八作。上田作品の源泉をたどる胸躍る作品群！

『軍師の挑戦』2012年4月　講談社文庫

上田秀人作品◆講談社

竜は動かず

奥羽越列藩同盟顛末

〈上〉万里波濤編
〈下〉帰郷奔走編

世界を知った男、玉虫左太夫は、奥州を一つにできるか？

仙台の下級藩士の出ながら、江戸で学問を志した玉虫左太夫に上田秀人が光を当てる！勝海舟、坂本龍馬と知り合い、遣米使節団の一行として、世界をその目に焼きつける。郷里仙台では、倒幕軍が迫っていた。この国の明日のため、左太夫にできることとは？

〈上〉万里波濤編
2016年12月　講談社単行本
2019年５月　講談社文庫

〈下〉帰郷奔走編
2016年12月　講談社単行本
2019年５月　講談社文庫

上橋菜穂子　獣の奏者〈I闘蛇編〉
上橋菜穂子　獣の奏者〈II王獣編〉
上橋菜穂子　獣の奏者〈III探求編〉
上橋菜穂子　獣の奏者〈IV完結編〉
上橋菜穂子　獣の奏者〈外伝　刹那〉
上橋菜穂子　物語ること、生きること
上橋菜穂子　明日は、いずこの空の下
上田紀行　ダライ・ラマとの対話
上田紀行　スリランカの悪魔祓い
嬉野　君　黒猫邸の晩餐会
植西　聰《あきら》　がんばらない生き方
海猫沢めろん　愛についての感じ
海猫沢めろん　キッズファイヤー・ドットコム
遠藤周作　ぐうたら人間学
遠藤周作　聖書のなかの女性たち
遠藤周作　さらば、夏の光よ
遠藤周作　最後の殉教者
遠藤周作　反逆(上)(下)
遠藤周作　ひとりを愛し続ける本
遠藤周作　深い河《ディープ・リバー》
遠藤周作　周作塾〈読んでもタメにならないエッセイ〉
遠藤周作　新装版　海と毒薬
遠藤周作　新装版　わたしが・棄てた・女
江波戸哲夫　新装版　銀行支店長
江波戸哲夫　集団左遷
江波戸哲夫　新装版　ジャパン・プライド
江波戸哲夫　起業の星
江波戸哲夫　ビジネスウォーズ〈カリスマと戦犯〉
江上　剛　頭取無惨
江上　剛　不当買収
江上　剛　小説金融庁
江上　剛　絆
江上　剛　再起
江上　剛　企業戦士
江上　剛　リベンジ・ホテル
江上　剛　起死回生
江上　剛　瓦礫の中のレストラン
江上　剛　非情銀行
江上　剛　東京タワーが見えますか。
江上　剛　慟哭の家
江上　剛　家電の神様
江上　剛　ラストチャンス　再生請負人
江國香織　真昼なのに昏《くら》い部屋
江國香織・文　松尾たいこ・絵　ふりむく
M・モーリス　江國香織訳　宇野亜喜良絵　青い鳥
江國香織他　100万分の1回のねこ
遠藤武文　プリズン・トリック
円城　塔　道化師の蝶
江原啓之　スピリチュアルな人生に目覚めるために〈心に「人生の地図」を持つ〉
大江健三郎　新しい人よ眼ざめよ
大江健三郎　取り替え子《チェンジリング》
大江健三郎　憂い顔の童子
大江健三郎　さようなら、私の本よ!
大江健三郎　水死
大江健三郎　晩年様式集《イン・レイト・スタイル》
小田　実　何でも見てやろう
沖　守弘　マザー・テレサ〈あふれる愛〉

講談社文庫　目録

恩田　陸　黒と茶の幻想(上)(下)
恩田　陸　黄昏の百合の骨
恩田　陸　『恐怖の報酬』日記〈酩酊混乱紀行〉
恩田　陸　きのうの世界(上)(下)
奥田英朗　新装版 ウランバーナの森
奥田英朗　最　悪
奥田英朗　邪　魔(上)(下)
奥田英朗　マドンナ
奥田英朗　ガール
奥田英朗　サウスバウンド
奥田英朗　オリンピックの身代金(上)(下)
奥田英朗　ヴァラエティ
乙武洋匡　五体不満足〈完全版〉
乙武洋匡　だから、僕は学校へ行く！
乙武洋匡　だいじょうぶ3組
大崎善生　聖《さとし》の青春
大崎善生　将棋の子
小川恭一　江戸の旗本事典〈歴史・時代小説ファン必携〉
奥野修司 徳山大樹　怖い中国食品、不気味なアメリカ食品

奥泉　光　プラトン学園
奥泉　光　シューマンの指
奥泉　光　ビビビ・ビ・バップ
折原みと　制服のころ、君に恋した。
折原みと　時《とき》の輝き
折原みと　幸福のパズル
岡田芳郎　世界一の映画館と日本一のフランス料理店を山形県酒田につくった男はなぜ忘れ去られたのか
大城立裕　小説 琉球処分(上)(下)
太田尚樹　満州　裏　史〈甘粕正彦と岸信介が背負ったもの〉
大島真寿美　ふじこさん
大泉康雄　あさま山荘銃撃戦の深層(上)(下)
大山淳子　猫　弁〈天才百瀬とやっかいな依頼人たち〉
大山淳子　猫弁と透明人間
大山淳子　猫弁と指輪物語
大山淳子　猫弁と少女探偵
大山淳子　猫弁と魔女裁判
大山淳子　雪　猫
大山淳子　イーヨくんの結婚生活
大山淳子　光二郎分解日記〈相棒は浪人生〉

大倉崇裕　小鳥を愛した容疑者
大倉崇裕　蜂に魅《ひ》かれた容疑者〈警視庁いきもの係〉
大倉崇裕　ペンギンを愛した容疑者〈警視庁いきもの係〉
大倉崇裕　クジャクを愛した容疑者〈警視庁いきもの係〉
大鹿靖明　メルトダウン〈ドキュメント福島第一原発事故〉
荻原　浩　砂の王国(上)(下)
荻原　浩　家族写真
小野正嗣　九年前の祈り
大友信彦　釜石の夢〈被災地でワールドカップを〉
大友信彦　オールブラックスが強い理由〈世界最強チーム勝利のメソッド〉
乙　一　銃とチョコレート
織守《おりがみ》きょうや　霊感検定
織守きょうや　霊感検定〈心霊アイドルの憂鬱〉
織守きょうや　霊感検定〈春にして君を離れ〉
織守きょうや　少女は鳥籠《とりかご》で眠らない
岡本哲《さと》志《し》　銀座を歩く〈四百年の歴史体験〉
クァク・ジェヨン原案 鬼塚　忠著　風の色
おーなり由子　きれいな色とことば
岡崎琢磨　病弱探偵〈謎は彼女の特効薬〉

小野寺史宜《ふみのり》　その愛の程度
小野寺史宜　近いはずの人
大崎　梢　横濱エトランゼ
海音寺潮五郎　新装版　江戸城大奥列伝
海音寺潮五郎　新装版　孫　子(上)(下)
海音寺潮五郎　新装版　赤穂義士
加賀乙彦　新装版　高山右近
加賀乙彦　ザビエルとその弟子
柏葉幸子　ミラクル・ファミリー
勝目　梓　小　説　家
勝目　梓　ある殺人者の回想
鎌田　慧　残　夢　〈大逆事件を生き抜いた坂本清馬の生涯〉
桂　米朝　米朝ばなし　〈上方落語地図〉
笠井　潔　梟《ふくろう》の巨《おおい》なる黄昏《たそがれ》
笠井　潔　青銅の悲劇　〈瀕死の王〉(上)(下)
川田弥一郎　白く長い廊下
神崎京介　女薫の旅　激情たぎる
神崎京介　女薫の旅　奔流あふれ
神崎京介　女薫の旅　陶酔めぐる

神崎京介　女薫の旅　衝動はぜて
神崎京介　女薫の旅　放心とろり
神崎京介　女薫の旅　感涙はてる
神崎京介　女薫の旅　耽溺《たんでき》まみれ
神崎京介　女薫の旅　誘惑おって
神崎京介　女薫の旅　秘に触れ
神崎京介　女薫の旅　禁の園へ
神崎京介　女薫の旅　欲の極み
神崎京介　女薫の旅　青い乱れ
神崎京介　女薫の旅　奥に裏に
神崎京介　I　LOVE
神崎京介　美人と張形　〈四つ目屋繁盛記〉
加納朋子　ガラスの麒麟
角田光代　まどろむ夜のUFO
角田光代　夜かかる虹
角田光代　恋するように旅をして
角田光代　庭の桜、隣の犬
角田光代　人生ベストテン
角田光代　ロック母

角田光代　彼女のこんだて帖
角田光代　ひそやかな花園
川端裕人　せちやん　〈星を聴く人〉
川端裕人　星と半月の海
片川優子　ジョナさん
片川優子　ただいまラボ
神山裕右　カタコンベ
神山裕右　炎の放浪者
加賀まりこ　純情ババアになりました。
門田隆将　甲子園への遺言　〈伝説の打撃コーチ高畠導宏の生涯〉
門田隆将　甲子園の奇跡　〈斎藤佑樹と早実百年物語〉
門田隆将　神宮の奇跡
鏑木　蓮　東京ダモイ
鏑木　蓮　屈　折　光
鏑木　蓮　時　限
鏑木　蓮　真　友
鏑木　蓮　甘　い　罠
鏑木　蓮　京都西陣シェアハウス　〈憎まれ天使・有村志穂〉
鏑木　蓮　炎　罪

講談社文庫　目録

講談社文庫　目録

神林長平　だれの息子でもない
神楽坂　淳　うちの旦那が甘ちゃんで
神楽坂　淳　うちの旦那が甘ちゃんで　2
神楽坂　淳　うちの旦那が甘ちゃんで　3
神楽坂　淳　うちの旦那が甘ちゃんで　4
神楽坂　淳　うちの旦那が甘ちゃんで　5
神楽坂　淳　うちの旦那が甘ちゃんで　6
神楽坂　淳　うちの旦那が甘ちゃんで　7
加藤元浩　捕まえたもん勝ち！〈七夕菊乃の捜査報告書〉
加藤元浩　量子人間《クォンタムマン》からの手紙〈捕まえたもん勝ち！〉
梶永正史　銃の啼《な》き声〈潔癖刑事・田島慎吾〉
金田一春彦／安西愛子編　日本の唱歌　全三冊
岸本英夫　死を見つめる心〈ガンとたたかった十年間〉
北方謙三　汚名の広場
北方謙三　試みの地平線〈伝説復活編〉
北方謙三　抱　影
菊地秀行　魔界医師メフィスト〈怪屋敷〉
北原亞以子　深川澪通り木戸番小屋
北原亞以子　新　地　橋〈深川澪通り木戸番小屋〉
北原亞以子　夜の明けるまで〈深川澪通り木戸番小屋〉
北原亞以子　澪　つ　く　し〈深川澪通り木戸番小屋〉
北原亞以子　た　か　ら　も　の〈深川澪通り木戸番小屋〉
北原亞以子　歳三からの伝言
桐野夏生　新装版　顔に降りかかる雨
桐野夏生　新装版　天使に見捨てられた夜
桐野夏生　新装版　ローズガーデン
桐野夏生　ＯＵＴ　(上)(下)
桐野夏生　ダ　ー　ク　(上)(下)
桐野夏生　猿の見る夢
京極夏彦　文庫版　姑獲鳥《うぶめ》の夏
京極夏彦　文庫版　魍魎《もうりょう》の匣《はこ》
京極夏彦　文庫版　狂骨《きょうこつ》の夢《ゆめ》
京極夏彦　文庫版　鉄鼠《てっそ》の檻《おり》
京極夏彦　文庫版　絡新婦《じょろうぐも》の理《ことわり》
京極夏彦　文庫版　塗仏《ぬりぼとけ》の宴《うたげ》―宴の支度
京極夏彦　文庫版　塗仏の宴―宴の始末
京極夏彦　文庫版　百鬼夜行―陰
京極夏彦　文庫版　百器徒然袋―雨
京極夏彦　文庫版　百器徒然袋―風
京極夏彦　文庫版　今昔続百鬼―雲
京極夏彦　文庫版　陰摩羅鬼《おんもらき》の瑕《きず》
京極夏彦　文庫版　邪魅《じゃみ》の雫
京極夏彦　文庫版　死ねばいいのに
京極夏彦　文庫版　ルー＝ガルー〈忌避すべき狼〉
京極夏彦　文庫版　ルー＝ガルー2〈インクブス×スクブス　相容れぬ夢魔〉
京極夏彦　分冊文庫版　姑獲鳥《うぶめ》の夏　(上)(下)
京極夏彦　分冊文庫版　魍魎《もうりょう》の匣《はこ》　(上)(中)(下)
京極夏彦　分冊文庫版　狂骨《きょうこつ》の夢《ゆめ》　(上)(中)(下)
京極夏彦　分冊文庫版　鉄鼠《てっそ》の檻《おり》　全四巻
京極夏彦　分冊文庫版　絡新婦《じょろうぐも》の理《ことわり》　(一)(二)
京極夏彦　分冊文庫版　絡新婦《じょろうぐも》の理《ことわり》　(三)(四)
京極夏彦　分冊文庫版　塗仏《ぬりぼとけ》の宴《うたげ》　宴の支度《したく》　(上)(中)(下)
京極夏彦　分冊文庫版　塗仏《ぬりぼとけ》の宴《うたげ》　宴の始末《しまつ》　(上)(中)(下)
京極夏彦　分冊文庫版　陰摩羅鬼《おんもらき》の瑕《きず》　(上)(中)(下)
京極夏彦　分冊文庫版　邪魅《じゃみ》の雫　(上)(中)(下)
京極夏彦　分冊文庫版　ルー＝ガルー〈忌避すべき狼〉　(上)(下)
京極夏彦　分冊文庫版　ルー＝ガルー2〈インクブス×スクブス　相容れぬ夢魔〉　(上)(下)

講談社文庫　目録

栗山圭介　国士舘物語
決戦！シリーズ　決戦！関ヶ原
決戦！シリーズ　決戦！大坂城
決戦！シリーズ　決戦！本能寺
決戦！シリーズ　決戦！川中島
決戦！シリーズ　決戦！桶狭間
決戦！シリーズ　決戦！関ヶ原２
小峰　元　アルキメデスは手を汚さない
今野　敏　ST警視庁科学特捜班 エピソード１〈新装版〉
今野　敏　ST警視庁科学特捜班 毒物殺人〈新装版〉
今野　敏　ST警視庁科学特捜班〈黒いモスクワ〉
今野　敏　ST警視庁科学特捜班〈青の調査ファイル〉
今野　敏　ST警視庁科学特捜班〈赤の調査ファイル〉
今野　敏　ST警視庁科学特捜班〈黄の調査ファイル〉
今野　敏　ST警視庁科学特捜班〈緑の調査ファイル〉
今野　敏　ST警視庁科学特捜班〈黒の調査ファイル〉
今野　敏　ST為朝伝説殺人ファイル〈警視庁科学特捜班〉
今野　敏　ST桃太郎伝説殺人ファイル〈警視庁科学特捜班〉
今野　敏　ST沖ノ島伝説殺人ファイル〈警視庁科学特捜班〉

今野　敏　ST化合 エピソード０〈警視庁科学特捜班〉
今野　敏　STプロフェッション〈警視庁科学特捜班〉
今野　敏　ギガース〈宇宙海兵隊〉
今野　敏　ギガース２〈宇宙海兵隊〉
今野　敏　ギガース３〈宇宙海兵隊〉
今野　敏　ギガース４〈宇宙海兵隊〉
今野　敏　ギガース５〈宇宙海兵隊〉
今野　敏　ギガース６
今野　敏　特殊防諜班 連続誘拐
今野　敏　特殊防諜班 組織報復
今野　敏　特殊防諜班 標的反撃
今野　敏　特殊防諜班 凶星降臨
今野　敏　特殊防諜班 諜報潜入
今野　敏　特殊防諜班 聖域炎上
今野　敏　特殊防諜班 最終特命
今野　敏　茶室殺人伝説
今野　敏　奏者水滸伝 白の暗殺教団
今野　敏　フェイク〈疑惑〉
今野　敏　同期

今野　敏　欠落
今野　敏　変幻
今野　敏　警視庁ＦＣ
今野　敏　継続捜査ゼミ
今野　敏　蓬萊〈新装版〉
今野　敏　イコン〈新装版〉
後藤正治　天人〈深代惇郎と新聞の時代〉
幸田　文　崩れ
幸田　文　台所のおと
幸田　文　季節のかたみ
小池真理子　冬の伽藍
小池真理子　ノスタルジア
小池真理子　夏の吐息
小池真理子　千日のマリア
幸田真音　日本国債(上)(下)〈改訂最新版〉
五味太郎　大人問題
鴻上尚史　あなたの魅力を演出するちょっとしたヒント
鴻上尚史　あなたの思いを伝える表現力のレッスン
鴻上尚史　八月の犬は二度吠える

2020年3月15日現在